UN BUEN PRESENTIMIENTO

ANNA CLEARY

HHARLEQUIN™

Editado por HARLEQUIN IBÉRICA, S.A.
Núñez de Balboa, 56
28001 Madrid

© 2008 Anna Cleary
© 2014 Harlequin Ibérica, S.A.
Un buen presentimiento, n.º 1956 - 8.1.14
Título original: Untamed Billionaire, Undressed Virgin
Publicada originalmente por Mills & Boon®, Ltd., Londres

I.S.B.N.: 978-84-687-3963-2
Depósito legal: M-30262-2013
Editor responsable: Luis Pugni
Fotomecánica: M.T. Color & Diseño, S.L. Las Rozas (Madrid)
Impresión en Black print CPI (Barcelona)
Fecha impresion para Argentina: 7.7.14
Distribuidor exclusivo para España: LOGISTA
Distribuidor para México: CODIPLYRSA
Distribuidores para Argentina: interior, BERTRAN, S.A.C. Vélez
Sársfield, 1950. Cap. Fed./ Buenos Aires y Gran Buenos Aires,
VACCARO SÁNCHEZ y Cía, S.A.

Capítulo Uno

El avión de Connor O'Brien se deslizó sobre Sídney con los primeros rayos de luz del día. La borrosa ciudad se materializó debajo como un misterioso collage de tejados y mar oscuro emergiendo de la neblina de la noche. Recibió con agrado las comodidades que prometía después de los desiertos que había atravesado los últimos cinco años, pero Connor no esperaba sentir que volvía a casa. Para él, Sídney era solo una ciudad más. Se sentía tan poco conectado a las torres y los rascacielos como a las mezquitas y los minaretes que había dejado atrás.

Una vez en tierra, atravesó la aduana sin detenerse gracias a su estatus de diplomático. Su aspecto disipaba cualquier duda. Solo era otro australiano más del Servicio de Inteligencia. Se dirigió a la terminal internacional con paso firme tirando de la maleta de cabina y con el maletín del ordenador en la otra mano. Escudriñó con ojo crítico a los grupos de familiares adormilados que esperaban a sus seres queridos para abrazarlos. Esposas y novias sonriendo a sus hombres y niños llorosos que corrían a los brazos de sus padres. A él nadie le esperaba. Ahora que su padre había muerto, no mantenía relaciones personales con nadie. Nadie corría peligro por conocerlo. Su preciado anonimato seguía intacto. A nadie le importaba si Connor O'Brien estaba vivo o muerto, y así tenía que ser.

Las puertas de cristal de la salida se abrieron ante él y salió a la madrugada del verano australiano sintiéndose a salvo en su soledad. El cielo había adquirido un tono gris pálido. Hacía calor. El tenue aroma de los eucaliptos le llegó con la brisa como si fuera el olor de la libertad.

Mientras buscaba la parada de taxis, Connor se rascó la barbilla y pensó en las comodidades de un buen hotel: una ducha, desayuno, dormir…

–¿Señor O'Brien? –un chófer uniformado salió por la puerta de una limusina y se tocó respetuosamente la gorra–. Su transporte, señor.

Connor se quedó muy quieto con los nervios y los reflejos en alerta.

Una voz chillona salió del interior del coche.

–Vamos, vamos, O'Brien, dale a Parkins el equipaje y pongámonos en marcha.

Connor conocía aquella voz. Miró con desconfianza hacia el interior poco iluminado del vehículo. Entonces vio a un hombre pequeño y mayor acomodado con gesto regio en la lujosa tapicería.

Sir Frank Fraser. Un zorro astuto, una leyenda del Servicio de Inteligencia y uno de los antiguos compañeros de golf de su padre. Según tenía entendido, el antiguo director había colgado la capa y la daga hacía tiempo y se había retirado para vivir de la fortuna de los Fraser. Por lo que Connor sabía, ahora era un pilar respetable de la sociedad rica.

–Bueno, ¿a qué estamos esperando? –la voz anciana encerraba un tono de incredulidad por no ser obedecido al instante.

La curiosidad de Connor pudo más que la molestia al verse privado de su momento de libertad, así que le tendió la maleta a Parkins y se deslizó en el asiento de atrás de la limusina.

El anciano le estrechó al instante la mano con vigor.

–Me alegro de verte, O'Brien –el hombre observó las largas y fuertes piernas de Connor y su complexión atlética con admiración–. Dios mío, eres la viva imagen de tu padre. Idéntico a Mick.

Connor no trató de negarlo. Sí, había heredado el pelo negro como la tinta y la piel aceitunada de algún antepasado español que acabó en la costa irlandesa tras un naufragio, pero su padre había sido un hombre de familia, y allí era donde terminaba la semejanza.

–Y parece que te ha ido bien. ¿Para qué departamento te ha contratado la embajada? ¿Asuntos Humanitarios?

–Algo así –reconoció Connor mientras la limusina se ponía en marcha hacia la ciudad–. Consejero humanitario para la Secretaría de Inmigración.

El rostro anciano de sir Frank se arrugó un poco más en una expresión pensativa.

–Sí, sí, entiendo que necesiten más abogados. Hay mucho trabajo que hacer ahí.

Una visión del horror al que había tenido que enfrentarse en la embajada australiana de Bagdad le cruzó por la mente a Connor. Incapaz de empezar siquiera a describirlo, se limitó a encogerse de hombros y esperó a que el antiguo camarada de su padre soltara lo que tenía que decirle.

Sir Frank le lanzó una mirada penetrante y dijo con perspicacia:

—¿No es suficiente toda esa tragedia para mantener tu interés sin tener que dedicarte al otro trabajo que haces? Tu padre siempre decía que el derecho era tu primer y único amor.

Connor controló todos los músculos para no reaccionar, aunque sintió una leve punzada en el estómago.

—Sir Frank, ¿hay algo detrás de esta charla amigable, algo que quiera decirme?

El anciano sacó un puro del bolsillo superior de la chaqueta.

—Digamos que tenemos un amigo de un amigo en común.

Connor agudizó el oído. Aquella era la forma de contactar de la agencia. Pero, ¿por qué el viejo y no alguien que estuviera en activo? Estaba considerando las posibilidades cuando sir Frank le asestó un golpe bajo.

—Me enteré de que habías perdido a tu mujer y a tu hijo. Eso es muy duro. ¿Cuándo fue?

Connor agarró con fuerza el mango del maletín y dejó que las cenizas y el polvo volvieran a asentarse en su alma. A pesar del tiempo que había transcurrido, todavía le sorprendía la fuerza del golpe.

–Hace casi seis años. Pero…

El anciano suavizó un poco el tono de voz.

–Ya va siendo hora de que lo intentes otra vez, muchacho. Un hombre necesita una mujer, hijos que le reciban en casa. Es hora de que dejes esta forma de vida y eches raíces. Ese trabajo en Bagdad… –sacudió la cabeza– quema mucho. Dos o tres años debería ser el límite, y tú ya lo has pasado con creces. Dicen que te has librado por los pelos en varias ocasiones. Y que eres bueno, el mejor. Pero no se puede permanecer demasiado tiempo en la cumbre –miró a Connor de reojo–. El hombre al que reemplazaste terminó con un cuchillo en el vientre.

Connor le miró con una mezcla de incredulidad y frialdad.

–Gracias.

Pero el anciano estaba lanzado y gesticulaba con creciente fervor.

–No cumpliría con mi deber hacia Mick si no te dijera esto, muchacho. Estás jugando con la muerte.

–Igual que hizo usted durante mucho tiempo –le espetó Connor.

–Así es, lo hice, y he aprendido una lección. Nadie sale ganando nunca en este juego –sir Frank le agarró del brazo–. Mira, puedo tirar de algún hilo. Tu padre te dejó convertido en un hombre rico. Podrías montar tu propio bufete. Un buen aboga-

7

do siempre es bienvenido en este país. Aquí también hay muchas injusticias. Y un chico guapo como tú no tardará mucho en encontrar otra mujer encantadora.

El trozo de hielo en el que se le había convertido el corazón a Connor desde lo ocurrido en aquella montaña de Siria no registró nada. Sabía lo que había perdido y lo que nunca volvería a tener. Ahora vivía sin ataduras. El encuentro ocasional con alguna mujer guapa bastaba para mantener las sombras a raya.

–La vida civil también ofrece muchos retos –insistió sir Frank–. Y tiene sus emociones –agitó el puro que aún no había encendido–. ¿Cuántos años tienes? ¿Treinta? ¿Treinta y cinco?

–Treinta y cuatro –Connor sintió cómo se le tensaban los músculos abdominales.

Entendía perfectamente a qué se refería el anciano. Para trabajar en los servicios de inteligencia, los oficiales tenían que ser tan objetivos y asépticos con sus contactos. Tal vez algunos desarrollaran grietas con el tiempo por las que podría filtrarse alguna emoción, pero él no tenía de qué preocuparse. Seguía siendo tan frío y equilibrado en su trabajo como siempre. Y necesitaba la constante amenaza de la muerte para darse cuenta de que estaba vivo.

–Sir Frank –continuó con voz profunda y pausada–, le agradezco su preocupación pero no es necesaria. Si tiene algo que decirme, suéltelo ya. En caso contrario su chófer puede dejarme aquí.

Sir Frank lo miró con aprobación.

–Un tipo directo, igual que Mick. Exactamente igual que él –sacudió la cabeza y suspiró–. Ojalá Elliott fuera tan claro.

Ah. Por fin. Ahí estaba el quid de la cuestión.

–¿Su hijo?

–De eso quería hablar contigo. Ha sucedido algo.

Por lo que Connor sabía, Elliott Fraser era uno de aquellos cincuentones ricos que dirigían el sector financiero.

–¿Se ha metido en algún lío?

El anciano parecía abatido.

–Se puede decir que sí. Se trata de una mujer.

Connor aspiró con fuerza el aire.

–Mire, creo que le han informado mal, sir Frank. Estoy aquí de permiso –afirmó con tono frío. Era necesario dejarle claro al hombre su rechazo–. No he volado desde el otro lado del mundo para arreglar la vida amorosa de su hijo.

Sir Frank se puso rojo de indignación.

–Eso es precisamente para lo que estás aquí –contestó con furia–. ¿Quién crees que te ha conseguido el permiso? –sir Frank blandió el puro hacia el rostro de Connor–. No tienes que ponerte chulo conmigo solo porque te conozco desde que tenías dientes de leche. Te he escogido a ti.

Antes de que Connor pudiera responder, sir Frank se inclinó hacia delante y clavó la mirada en la suya.

–No voy a interrumpir tu descanso durante mucho tiempo, Connor. Te llevará una semana, dos como mucho, y luego puedes disfrutar del resto de los tres meses de permiso que tienes. ¿Quién sabe? Tal vez decidas quedarte aquí más tiempo. En cualquier caso, sé que harás todo lo posible por ayudarme. Lo harás por Mick.

Ah, ahí estaba. La vieja carta de la amistad. Todas aquellas mañanas en el campo de golf. Las tardes de copas posteriores en el club. Connor sabía de qué iba aquello. Era un chantaje emocional imposible de rechazar. Cerró los ojos y se resignó.

–De acuerdo, de acuerdo. Adelante. Suéltelo.

–Eso está mejor –sir Frank se reclinó con gesto de satisfacción–. Esto tiene que quedar entre nosotros. Están considerando a Elliott para un puesto importante en el ministerio. No puede permitirse ningún escándalo –alzó una mano–. Esto es serio. Marla está en América por trabajo. Si vuelve y descubre que Elliott está jugando fuera de casa… –se estremeció–. Marla puede llegar a ser muy contundente. Tengo un presentimiento muy fuerte respecto a esto, Connor, y mis presentimientos no suelen fallar. Cabe la posibilidad de que la chica con la que se ha liado sea una trampa. El momento en que ha aparecido me hace sospechar. Pero aunque no lo sea…

Sir Frank cerró los arrugados ojos en gesto de desprecio.

–¿Entiendes ahora por qué te he escogido a ti? No quiero que la agencia tenga nada que ver con esto. Se trata de mi familia. No quiero desconocidos –se inclinó hacia Connor y bajó la voz–. Estarás solo. Esto será exclusivamente entre tú y yo. No puedes entrar en los servicios informáticos de la agencia –le advirtió blandiendo un dedo hacía él.

Connor sacudió la cabeza sin entender nada.

–Pero seguro que bastaría con que usted hablara con Elliott en serio, ¿no?

–Eso no funcionaría. Cree que lo tiene todo controlado.

Connor disimuló una sonrisa. Estaba claro que el anciano no quería que su hijo supiera que le estaba vigilando de cerca.

Sir Frank le agarró con fuerza la muñeca.

–A pesar de todos sus fallos, Elliott es mi hijo, Connor. Y luego está mi nieto –los cansados ojos se le llenaron de lágrimas–. Tiene cuatro años.

Connor percibió un leve temblor en la mano que le agarraba la manga y sintió una ligera punzada en el pecho.

–De acuerdo –dijo dejando escapar el aire de los pulmones. La gente mayor y los niños siempre habían sido su talón de Aquiles. Lo mejor que podía hacer era apretar los dientes, acceder al encargo y acabar con el asunto cuanto antes–. ¿Qué sabe de la mujer?

Sir Frank contuvo las lágrimas con asombrosa rapidez. Sacó un archivo.

–Se llama Sophy algo. Woodford… no, Woodruff. Trabaja en el edificio Alexandra.

–¿Dónde está eso? –preguntó Connor agitando la única página del informe.

11

La información era muy escasa: unos cuantos datos y fechas, encuentros con Elliott en cafés, la foto borrosa de una mujer delgada de pelo oscuro. No tenía el rostro enfocado, pero la cámara había conseguido captar la delicadeza del óvalo de su rostro, el lustre de su cabello largo y ondulado. Trabajaba como foniatra en una clínica pediátrica.

–¿Conoces Macquarie Street?

–¿Y quién no?

Macquarie Street era una de las mejores avenidas de Sídney. Durante mucho tiempo fue el feudo de los mejores médicos de la ciudad.

–Te he reservado un despacho allí. Si decides quedarte, puedes convertirlo en tu lugar de trabajo permanente –añadió el anciano como quien no quiere la cosa.

Observó el rostro inteligente del anciano.

–¿Qué quiere exactamente de mí?

–Que averigües cosas sobre ella: su pasado, sus contactos, todo. Seguro que no tiene buenas intenciones –sir Frank sacudió la cabeza disgustado–. Bueno, si averiguas que es una sacacuartos, dale dinero para que se vaya.

Connor parpadeó. En principio parecía una misión fácil, nada que ver con encontrarse con un contacto cubierto de explosivos.

–Un chico guapo como tú no tendrá ningún problema en intimar con una mujer.

Connor lo miró con recelo. Él no intimaba con nadie. Estaba a punto de dejárselo claro cuando la limusina giró hacia una avenida flanqueada por árboles y reconoció la elegante arquitectura colonial de Macquarie Street.

Había poco tráfico a aquellas horas de la mañana y tuvo la oportunidad de admirar lo agradable que era la calle, que a un lado tenía el denso y verde misterio de los jardines botánicos, esplendorosos en verano. El chófer se detuvo a mitad de la calle.

–El Alexandra –anunció sir Frank.

Connor alzó la vista para contemplar el edificio de ladrillo color miel. De la ventana del tercer piso colgaban varias flores color escarlata.

–Tu oficina está en la planta superior. Suite 3E –sir Frank le puso un juego de llaves en la mano a Connor–. Por favor, tenme al tanto de todos los pasos –se reclinó en el asiento y encendió el puro antes de añadir con entusiasmo–: ¿Sabes qué, Connor? Tengo un buen presentimiento respecto a esto. Estoy seguro de que eres el hombre adecuado para frenar a la señorita Sophy Woodruff.

Sombra de ojos. Solo un poco para resaltar el color violeta, como su nombre, según solía decir su padre. Violeta era su nombre oficial, aunque no lo utilizara nunca. Gracias a Dios solía aparecer únicamente en documentos oficiales o en los extractos bancarios. ¿Qué clase de personas le pondrían a su hija un nombre tan cursi?

Desde luego no los padres que ella conocía. Se habían sentido en la obligación de conservarlo, pero todo el mundo prefería llamarla por el nombre que ellos habían escogido: Sophy, lo había escogido su padre. Henry, su padre de verdad, no el biológico.

Aquella incómoda sensación volvió a abrirse paso en su estómago. Su padre biológico. Qué descripción tan fría. Pero, ¿sería tan frío como parecía? ¿Podía comportarse con calidez un hombre al encontrarse con la hija que no sabía que tenía? O eso le había dicho él. Pero si le había mentido, ¿por qué había pedido una prueba de ADN?

Le estaba mintiendo en algo. Lo sentía.

Sophy tenía las cejas negras, más negras todavía que el pelo. Un rápido toque de lápiz para definir el arco natural. Serviría dada la urgencia.

El rímel era obligatorio. Las pestañas nunca eran lo suficientemente largas. Un fugaz toque de colorete en los pómulos para darle color a su rostro, pálido tras una noche de insomnio. Una mirada al reloj hizo que decidiera que estaba satisfecha con su aspecto si quería subirse al ferry de las seis.

La ola de calor seguía abrasando Sídney después de tres días, así que tenía que ponerse algo fresco. Escogió una falda recta a la altura de la rodilla y se giró para mirarse al espejo. Era lo suficientemente sosa. La camisa lila sin mangas acababa de llegar de la tintorería. Agarró el bolso y se puso los zapatos de tacón.

Zoe y Leah, sus compañeras de piso, empezaban a despertarse. Sophy se abrió camino entre el equipo de acampada que había en el pasillo, se despidió precipitadamente de ellas y corrió hacia la puerta.

El sol apenas había salido. Sophy repasó mentalmente por enésima vez cada paso que había dado desde recogió la carta certificada de la oficina de correos el día anterior a la hora de comer.

Se la había llevado directamente al despacho para leerla. Y allí estaba. La confirmación oficial. El perfil genético de Elliott Fraser coincidía con el suyo, el laboratorio podía afirmar que se trataba de su padre. Se lo metió en el bolso y fue a ayudar a Millie, que estaba en el despacho de al lado, a recoger sus cosas porque se marchaba. Pero cuando llegó a casa se dio cuenta de que ya no tenía el informe. Tras el pánico inicial, recordó que había pasado por la sala de lactancia antes de ir al baño. En la sala estaba Sonia, de la clínica oftalmológica, llorando. Sophy sacó unos pañuelos de papel del bolso. La carta podía haberse caído entonces. Si quería encontrarla antes que nadie, debía llegar al Alexandra antes de que lo hiciera todo el mundo. Seguramente podría pedirle una copia al laboratorio. Pero aquello no ayudaría al problema de la confidencialidad.

Una promesa era una promesa. Si no lo encontraba rápidamente tendría que informar a Elliott. La idea le provocó un escalofrío. Tras su primer encuentro en el café, la primera vez que lo vio, le pareció que era muy frío. Incluso su nombre, que vio por primera vez en el certificado de nacimiento original, tenía algo de fría realidad.

A los dieciocho años, cuando la ley lo permitía, había iniciado los trámites para averiguar los nombres de sus padres biológicos, por simple curiosidad. Seguramente no habría actuado nunca de acuerdo a aquella información. Dudaba mucho que se hubiera puesto en contacto con él si no hubiera sido por aquel martes, seis semanas antes.

Sophy estaba en el mostrador de recepción consultando el historial de un paciente cuando alguien se acercó y le dijo a Cindy:

–Soy Elliott Fraser. He traído a Matthew para su revisión.

A Sophy se le detuvo el corazón. Alzó la vista muy despacio y lo miró por primera vez. Su padre. Tenía cincuenta y muchos años y el pelo plateado. Parecía muy seguro de sí mismo, era la imagen de un hombre de negocios de éxito. Tenía los ojos de un tono gris frío, en absoluto parecidos a los suyos. Sophy se lo quedó mirando y trató de encontrar algún parecido, pero no lo consiguió.

Seguramente se parecería a su pobre madre, quien, según los informes, había muerto de meningitis. Pero tendría que tener algún punto en común también con su padre.

Sophy deslizó entonces la mirada hacia el niño de cuatro años que estaba al lado de Elliott Fraser. Tenía un rostro adorable y muy serio. Se dio cuenta entonces en medio de una oleada de emociones contradictorias de que era su hermanastro.

Qué extraño le resultaba ver a las personas que compartían su sangre, sus genes. Tal vez incluso tuvieran cosas en común. Aunque quería a sus padres adoptivos, tenían una hija mucho mayor en Inglaterra del primer matrimonio de Bea, y Sophy sentía en ocasiones que la comparaban con ella. Lauren era buena en matemáticas y en ciencias, mientras que Sophy prefería el arte. Lauren había estudiado Medicina mientras que ella escogió Foniatría. Lauren hacía escalada y a Sophy le gustaban la jardinería y visitar librerías.

Poco después de que Sophy cumpliera los dieciocho años, fue como si Henry y Bea se sintieran liberados de su responsabilidad hacia su hija adoptiva, porque regresaron a Inglaterra para estar con Lauren, la hija biológica de Bea, cuando formó su propia familia.

Sophy había pensado muchas veces que si tuviera hermanos, tal vez no echaría tanto de menos a sus padres. Aquel hermanito…

Cuando recordó sus grandes ojos marrones sintió una punzada placentera en el corazón, aunque también le preocupó. Le había dado la sensación de que se trataba de un niño muy dulce pero que también estaba muy solo. Se dio cuenta de que mientras Elliott Fraser estaba esperando en recepción con su hijo, no le había mirado ni una vez.

Los guardias de seguridad habían abierto ya las pesadas puertas de cristal del edificio. Una vez dentro, decidió que no podía esperar a que bajara el ascensor y subió por las escaleras.

Había poca gente tan temprano, aunque el aroma a café que le llegó al pasar por la segunda planta le hizo pensar que Millie, su amiga y compañera, ya estaba allí, instalándose en su nuevo despacho.

El antiguo estaba justo al lado del de Sophy. Si no encontraba el sobre en el cuarto de baño, tendría que estar allí, en el despacho de Millie.

Al llegar a lo alto de la escalera se detuvo para recuperar el aliento y se encontró con la visión de la puerta de Millie cerrada. Entonces vio la nueva chapa y se quedó sorprendida: «Connor O'Brien».

¿Quién era Connor O'Brien?

Se dirigió a toda prisa al cuarto de baño de señoras. La pesada puerta de caoba se abrió al instante. Entró y miró en todos los cuartos de baño, en las papeleras y en los lavabos. Nada.

Una desilusión, pero no una sorpresa. Todavía confiaba en encontrar la carta en la sala de lactancia.

Corrió por el pequeño vestíbulo, abrió la puerta de la sala y se quedó completamente paralizada. Había un hombre.

Estaba desnudo de cintura para arriba, era alto y delgado y tenía los brazos musculosos y el pelo oscuro. Estaba de pie frente al lavabo con la mitad de la cara cubierta por la espuma de afeitar. Había una camisa y una chaqueta sobre el maletín que tenía a los pies. Tenía el poderoso torso bronceado, como si hubiera pasado mucho tiempo al sol, y los pies plantados en el suelo de la sala de lactancia como si tuviera todo el derecho del mundo a estar ahí. ¿No tenía baño en su casa?

Cuando el hombre se inclinó un poco más hacia delante vio una cicatriz que le cruzaba las costillas en el lado derecho. Una sensación de ahogo se apoderó de ella. Los paralizados dedos de Sophy dejaron escapar la puerta justo cuando el hombre se empezaba a afeitar uno de los bronceados pómulos. Detuvo la mano a medio movimiento y su mirada se cruzó con la suya en el espejo.

Tenía los ojos más oscuros que la noche, las pestañas espesas y unas fuertes cejas negras. Pero lo que más le impresionó a Sophy fue su expresión. En aquel primer instante de conexión se había producido una especie de brillo entre ellos. Como si la hubiera reconocido.

Pero no se conocían. El hombre se giró a medias y ella vislumbró su perfil, la frente ancha, la nariz recta y larga. Entonces la miró de frente y...

Espectacular. Incluso medio cubierto por la espuma, la fuerza y la masculinidad se manifestaban en la simétrica estructura de su hermoso rostro.

−Hola. Soy Connor O'Brien.

Tenía una voz profunda y grave, rica en texturas. Una pizca de vello oscuro en su poderoso pecho invitaba a la hipnotizada mirada de Sophy a continuar deslizándose bajo la hebilla del cinturón, hacia... algún sitio.

−Ah. Eh... hola. Lo siento −Sophy reculó y volvió a salir al pasillo.

Connor se quedó mirando la puerta cerrada con cierto divertimento. Se arrepintió un poco de haber retrasado el registro en algún hotel. Lo último que necesitaba era alertar a la señorita Sophy Woodruff de su precipitada llegada. Pero, ¿quién habría imaginado que fuera tan pronto a trabajar? Sintió una cierta intriga. A primera vista, no era en absoluto lo que esperaba. Los ojos dulces y las bocas apasionadas no casaban con las mujeres maquinadoras. A menos, por supuesto, que fuera su instrumento de trabajo. Perfecta para tragarse a los palomos de mediana edad.

En el pasillo, Sophy trató de centrarse. Vaya. Tardó unos segundos en apartar la imagen de aquel pecho de su cabeza. Por el amor de Dios, ¿quién podría buscar nada en presencia de un hombre semidesnudo? Era una maldita molestia. Menuda cara, utilizar la sala de lactancia como si fuera su propio cuarto de baño.

Y ahora que lo pensaba, ¿por qué había dejado las cosas así? Armándose de valor, volvió a entrar.

Capítulo Dos

Connor se estaba abrochando la camisa. Pero ya era demasiado tarde. La primera impresión estaba ya grabada en el cerebro de Sophy.

Al escuchar sus pasos, él la miró bajo las oscuras pestañas. Sophy conocía aquella mirada. Era la mirada del cazador apreciando sus curvas y su disponibilidad sexual.

–Esta es la sala de lactancia –afirmó ella–. Por si no lo sabía.

Los oscuros ojos del hombre se agudizaron bajo las pestañas y una repentina tensión se apoderó de la estancia.

–Lo sé –el hombre enjuagó la cuchilla bajo el agua del grifo y la agitó un par de veces.

Sophy esperó a que hiciera alguna señal que indicara que había captado la indirecta, pero siguió afeitándose como si tal cosa.

¿Quién era aquel hombre por el que Millie había tenido que dejar su despacho? No se parecía a ninguno de los médicos que conocía. Echó un rápido vistazo al suelo y a las demás superficies. Las limpiadoras habían hecho ya su trabajo cuando ella entró allí el día anterior por la noche, pero otra persona podría haber agarrado la carta después de que ella saliera y podría haber pensado que era para tirar. Buscó con la mirada la papelera pero no había nada.

Sophy se aclaró la garganta y afirmó con fría autoridad:

—Mire, lo siento, pero me temo que tendrá que terminar lo que está haciendo en otro lado. Hay un cuarto de baño de hombres un poco más allá —Sophy abrió la puerta y la sostuvo con decisión.

Transcurrieron varios segundos. Sophy empezó a preguntarse si habría escuchado lo que le había dicho. Entonces él la miró bajo sus largas pestañas.

—No.

Para indignación de Sophy, Connor permaneció tan inmóvil como un tronco y siguió arañando la espuma de su preciosa mandíbula como si tuviera todo el tiempo del mundo. Tras un segundo cargado de tensión en el que a Sophy se la pasó por la cabeza la idea de llamar a la policía, Connor tuvo el valor de añadir:

—No hay por qué ponerse nerviosa.

¿Nerviosa? ¿Quién estaba nerviosa? Aunque fuera extraño encontrar un hombre tan guapo, Sophy Woodruff era perfectamente capaz de lidiar con él.

Para no parecer una idiota, soltó la puerta para que se cerrara. Connor empezó con la zona del bigote. Antes de que Sophy pudiera apartar la vista, él se detuvo en las comisuras de los labios y esbozó una media sonrisa.

—Estaré fuera de aquí en unos segundos. No dejes que mi presencia te altere.

–¿Alterarme? –Sophy soltó una carcajada despreocupada–. Mi única preocupación es que alguna madre necesite entrar aquí para alimentar a su bebé.

Connor consultó su reloj.

–¿A las seis y media de la mañana?

–Por supuesto que sí. Podría haber alguna cita temprana. Creo que debe saber que esta sala es para uso exclusivo de las madres.

–Ah –un brillo iluminó los oscuros ojos de Connor–. Entonces creo que debemos irnos los dos.

Sin esperar respuesta, Connor volvió a mirarse en el espejo. La espuma de afeitar le dibujaba la boca, destacando su perfección. El labio de arriba era firme y recto, el de abajo sensual de un modo masculino.

Sophy se dio la vuelta y empezó a buscar con ahínco.

–Pido humildemente disculpas por haber entrado en un espacio femenino sagrado –dijo en un intento de que volviera a darse la vuelta y poder disfrutar de su bello rostro ovalado. Luminosos ojos azules… ¿o eran violetas? Labios rosados y piel blanca. El conjunto bastaba para hacer babear a cualquier hombre–. No supongo ninguna amenaza –añadió con dulzura.

Sophy le dirigió una mirada fulminante.

–¿Sueles preferir el baño de mujeres al de hombres?

A Connor le brillaron los ojos bajo las gruesas pestañas. El aire se volvió de pronto más denso y cargado de un peligroso voltaje.

–Casi siempre. Ya sabes cómo es esto. Me gusta conocer gente, ¿y qué mejor sitio que este para hacerlo? –deslizó la mirada audaz y oscura desde la boca hacia los pechos y siguió por las piernas antes de volver a subir.

Sophy sintió una llamarada que le llegó hasta los tobillos. Le dio la espalda y se inclinó para mirar en el sofá en el que se había sentado el día anterior. Metió la mano detrás del asiento y recorrió el perímetro.

No había nada más que polvo. Hiper consciente de la presencia de Connor, se incorporó para mirar en el cambiador de bebés. Él fingía estar otra vez centrado en el afeitado, pero Sophy no se dejó engañar. Estaba al tanto de todos sus movimientos.

Sophy miró el maletín de cuero al lado de Connor. Tal vez había encontrado el sobre.

–¿Has visto por casualidad una carta por aquí?

–¿Una carta? –Connor alzó sus expresivas cejas–. Es un lugar un poco raro para recibir el correo.

–He perdido un sobre. Creo que se me ha caído del bolso cuando estaba sentada ahí, o…

–¿Cómo es el sobre?

–Un sobre normal, ya sabes, de esos con ventanita. Como… mira, no importa cómo sea. ¿Lo has visto o no?

Connor se giró y la miró fijamente.

–No sé si debo contestar a eso. Depende de a quién esté dirigido ese sobre.

Sophy sintió una breve sacudida, como si de pronto se hubiera topado con un muro inesperado, pero dijo con la mayor naturalidad posible:

–Bueno, obviamente está dirigido a mí.

–Ah –Connor había terminado por fin de afeitarse y se giró para enjuagar la cuchilla–. Pero, ¿quién eres tú?

–Soy… –Sophy se estiró sobre los tacones.

Connor agarró una toalla de papel y se secó la cara. Luego se puso la chaqueta y guardó las cosas de afeitar en un neceser de piel.

–Escucha –le espetó Sophy–. ¿Por qué no puedes darme una respuesta directa?

Él suspiró.

–De acuerdo, a ver qué te parece esta. No he encontrado tu carta. Puedes registrarme si quieres –extendió las manos en muda invitación y le mostró los bolsillos de la chaqueta y de los pantalones.

Al ver que ella le miraba con desconfianza le ofreció el maletín.

–Vamos, mira dentro.

–¿Sabes que eres un hombre muy maleducado y molesto? –le dijo con un temblor de voz.

–Lo sé –contestó Connor con un brillo malicioso en la mirada–. Estoy avergonzado de mí mismo.

Sophy sintió cómo se le elevaba la tensión arterial cuando él se acerco tanto que su ancho pecho desnudo quedó a escasos centímetros de sus senos.

–¿Y tú sabes que eres una jovencita muy estirada? Deberías aprender a relajarte.

La sensual boca de Connor estaba demasiado

cerca para su gusto, e, involuntariamente, la suya se le secó. Le miró con rabia, incapaz de hablar o de respirar.

–Si encuentro la carta te lo haré saber –Connor deslizó la mirada a su escote antes de volver a subirla a los ojos–. Con esos ojos, deberías llamarte Violet –se dio la vuelta y salió por la puerta dejándola allí, paralizada.

Entonces, la enormidad de lo que acababa de decir la arrolló como un tren. Sus palabras resonaban en sus oídos.

Conocía su nombre. Lo conocía desde el principio. No había sido una coincidencia.

Pero, ¿cómo podía saberlo a menos que hubiera encontrado la carta?

Sophy avanzó por la galería de la clínica infantil. La puerta de Connor O'Brien estaba cerrada, pero tuvo que armarse de valor para pasar por delante de ella. Seguramente él estaría allí dentro regodeándose mientras miraba su ADN.

Aunque, ¿qué podía significar aquello para él? Cerró los ojos y trató de mantener la calma. Aquel hombre podía ser un chantajista.

Rezó para que alguien hubiera encontrado el sobre y lo hubiera dejado en el buzón. Pero no tuvo tanta suerte. Una vez en su despacho llevó a cabo una búsqueda frenética… pero solo confirmó lo que ya sabía: lo había perdido después de salir de allí el día anterior.

Sophy se dejó caer en la silla. Tal vez debería alertar a Elliott, pero no estaba dispuesta a rendirse todavía. A él parecía inquietarle mucho la idea de que la noticia saliera a la luz. Aunque no podía culparle. Su existencia había supuesto un auténtico shock para él.

Pero Sophy tampoco podía negar su desilusión. En los encuentros en el café y en el bar, Elliott parecía más preocupado por saber a quién se lo había contado que cómo eran su Sophy y su vida, mientras que ella... ella tenía el corazón lleno de alegría y esperanza, quería saberlo todo sobre él. Y sobre Matthew.

Connor O'Brien era el culpable de su angustia. Una oleada de confusión la atravesó. Sintió un escalofrío. Solo había un camino. Costara lo que costara, necesitaba encontrar el modo de recuperar aquella carta. No permitiría que Connor O'Brien le estropeara la oportunidad de conocer a su padre. Aunque le costara la vida, encontraría la manera de entrar en su despacho.

Connor frunció el ceño mientras miraba por encima de las copas de los árboles, donde brillaba la Bahía Walsh bajo el cálido cielo azul. Se le pasó por la cabeza que tenía una casa no muy lejos de allí. La mayoría de las cosas de su padre se habían subastado, como solía suceder con las posesiones de los ricos, pero le serviría, sobre todo porque no estaba muy lejos del feudo de Elliott Fraser.

Se apartó de la ventana y observó con satisfacción el despacho de altos techos y cornisas ornamentales. Si hubiera buscado un despacho de verdad, no habría encontrado un lugar más agradable. Consultó la hora. Alquilar un coche, planear su próximo encuentro con Sophy Woodruff...

El pulso se le aceleró. Se preguntó por la carta que ella buscaba. La ansiedad de sus ojos le había parecido real. Con aquella voz tan dulce y el sonrojo de las mejillas, le había parecido demasiado blanda para que sir Frank sospechara de ella. Pero Connor era demasiado duro como para dejarse llevar por las apariencias. Las mujeres podían llegar a ser grandes actrices.

Buscara lo que buscara, su reto sería encontrarlo él primero.

A la hora de comer, de camino al café que había en la planta de abajo del edificio, Sophy vio a Connor O'Brien ayudando a unos transportistas a meter una preciosa librería por la puerta del despacho.

Sophy entró en el café y pidió un sándwich vegetal, pero en lugar de llevárselo a su lugar habitual en los jardines, volvió a subir para terminar unos informes. Cuando llegó al final de las escaleras, el estómago le dio un vuelco.

La puerta del Connor estaba medio abierta.

Su cabeza sopesó las posibilidades. Los transportistas debían haber ido a buscar la siguiente carga. ¿Habría ido la bestia arrogante con ellos?

Sophy aminoró el paso y cuando llegó a la puerta vaciló y fingió buscar algo en el bolso. No escuchó ningún sonido dentro. Lo único que podía ver a través de la puerta entreabierta era un trozo de la recepción vacía y una esquina del mostrador. Connor podría estar en el interior del despacho. Agudizó el oído y trató de averiguar si había alguien. Pero por el momento parecía que no había moros en la costa.

Era una oportunidad demasiado valiosa como para perderla. Llamó suavemente con los nudillos y esperó. Nada perturbó el silencio. Entró.

Como estaba familiarizada con el espacio, percibió al instante que la oficina entera, incluidos los dos despachos y la pequeña salita, estaban vacíos. Se adentró en el despacho más grande. Había un ordenador portátil sobre un pesado escritorio de palosanto. Las estanterías estaban vacías, pero a su lado había varia cajas con libros. Sophy inclinó la cabeza y leyó un par de títulos: *Práctica de la Ley de Derechos Humanos, Derechos humanos internacionales.* Se quedó desconcertada. ¿O'Brien era abogado?

Había un archivador nuevo cerca del escritorio. Sophy miró hacia la puerta e, ignorando un escalofrío de alerta, intentó abrir el cajón de arriba. Parecía vacío, pero estaba cerrado con llave. Todos estaban cerrados. Buscó las llaves, primero en los cajones del escritorio, y luego, al ver que estaban vacíos, por el resto del despacho. Sus ojos se clavaron en un maletín que había apoyado en la pata de la silla del escritorio.

Vaciló un instante, pero no tenía tiempo para dudas. Con el pulso latiéndole con fuerza en los oídos, colocó el maletín encima del escritorio y abrió la cremallera del compartimento principal, pensado para guardar el ordenador. Estaba vacío.

Consciente del regreso de los encargados de la mudanza, buscó rápidamente en los otros compartimentos. Su carta no estaba en ninguno de ellos, ni tampoco había ninguna llave.

Vio la chaqueta de Connor O'Brien colgada del respaldo de la silla. Deslizó las manos en los bolsillos y no sacó nada. No tuvo más suerte con el bolsillo del pecho, aunque detectó un bulto a través de la tela. Le dio la vuelta a la chaqueta y lo intentó en el bolsillo interior. Se le cayó el alma a los pies. Allí no había ningún sobre, solo un pasaporte, agarró el pequeño librito por la página de la fotografía. Connor tenía treinta y cuatro años, según indicaban los datos. Pasó más páginas y abrió los ojos sorprendida. Connor viajaba mucho. Y según el último sello, acababa de llegar al país.

Sophy dio un respingo al escuchar el sonido de unas voces que se aproximaban. Iban a pillarla con las manos en la masa. El pasaporte se le cayó de las manos. Se agachó para recogerlo mientras escuchaba quejas en la zona de recepción que sugerían que varios hombres estaban intentando hacer pasar un mueble grande por una apertura estrecha. En su precipitación al guardar otra vez el pasaporte en el bolsillo, Sophy le dio un golpe a la pila de cosas que había en el escritorio y varios documentos cayeron al suelo.

Cayó de rodillas y mientras trataba de recoger los documentos para volver a dejarlos en el escritorio, la actividad de fuera cesó. El corazón se le detuvo al ver el maletín. Lo tiró rápidamente al suelo.

Podía hacerlo, pensó con el corazón latiéndole con fuerza. Se incorporó, y, mirando hacia la puerta, se preparó para lo peor.

Hubo un breve intercambio de palabras fuera. Sophy agudizó el oído para escuchar lo que decían cuando se abrió la puerta de golpe. En aquel preciso instante ella miró horrorizada el pasaporte, que todavía estaba en una esquina del escritorio. Lo agarró y lo escondió a su espalda justo en el momento en que Connor entraba. Cuando la vio se detuvo sobre sus pasos y un brillo de asombro asomó a sus ojos oscuros.

Sin decir una palabra, pasó por delante de Sophy, agarró un bolígrafo del escritorio y volvió a salir, donde firmó algo que le entregó uno de los transportistas. Como no había tiempo para volver a poner el pasaporte en la chaqueta, ni tampoco tenía dónde esconderlo, se lo guardó en el escote de la camisa en el momento en que Connor se giraba para entrar con paso firme en el despacho.

Si vio el subrepticio movimiento, no lo demostró. Cerró la puerta despacio al entrar y se detuvo para observarla con sus oscuras cejas enarcadas.

Parecía más alto, más serio y más autoritario cuando estaba enfadado. A Sophy se le secó la boca y se atusó la falda con manos húmedas. A juzgar por el duro brillo de su mirada, Connor no estaba dispuesto a dejar que fuera de rositas.

–¿Querías algo? –su voz era grave y educada, con un cierto tono de incredulidad.

–Bueno, supongo que debería… disculparme. No tendría que haber entrado. Quería hablar contigo. La puerta estaba abierta, así que… entré –afirmó haciendo un gesto despreocupado.

La voz le tembló un poco, pero mantuvo la cabeza alta y no apartó los ojos de los suyos.

Connor deslizó la vista a su escritorio, donde antes estaba la pila ordenada de documentos, ahora puestos a un lado. Y dirigió la mirada hacia el maletín.

En un momento de brillantez inspirado por la adrenalina, hizo lo que único que podía hacer. Se sentó en el escritorio en aquel espacio y estiró la mano para poder apoyarse en ella. Entonces volvió a tirar la pila de documentos.

–Oh, vaya –dijo tratando de parecer despreocupada–. Es la segunda vez que lo hago.

Connor O'Brien no parecía dispuesto a dejarse engañar. Sus ojos oscuros la miraron burlones. Sophy fue dolorosamente consciente de sus senos y sus piernas, acentuadas por la postura, y confió en que el pasaporte rojo no se le notara.

–¿En qué puedo ayudarte, Sophy?

Ella sonrió, aunque sus sensores indicaban pánico. Pero el peligro en que se encontraba le proporcionó una especie de valor. No había visto tanto cine clásico en vano. Sabía cómo actuaría Lana Turner en una escena así.

–Vaya, así que has averiguado ni nombre –dijo con tono ronco cruzando las piernas.

Connor deslizó la mirada hacia ellas.

–Le di tu descripción al guardia de seguridad. No tuvo ningún problema en reconocerte.

A Sophy se le había subido un poco la falda por el muslo y tiró discretamente de ella para bajarla.

A Connor no le pasó desapercibido el movimiento. Se acercó un poco más y se la quedó mirando con sus ojos fríos.

–Irrumpir en una propiedad privada es un delito –deslizó la mirada hacia la boca de Sophy–. ¿Qué querías robar?

–¿Robar? Eso es ridículo –Sophy batió las pestañas–. Y no he irrumpido aquí. Dejaste la puerta abierta de par en par y entré para charlar contigo. Así de simple.

–¿Charlar? –Connor curvó los labios en gesto de desconfianza–. ¿De qué?

–Del tiempo –respondió poniendo los ojos en blanco–. ¿De qué si no?

Se bajó del escritorio para sentirse más alta, pero al verse frente a Connor sintió que su metro sesenta y nueve de mujer culpable no podía hacer nada frente al metro noventa de hombre duro.

–Me siento un poco culpable por no haber sido más amable esta mañana –se estiró lánguidamente y luego se contoneó en dirección a la puerta, lanzándole una mirada de reojo al estilo Lana–. Pero ahora veo que mi primera impresión respecto a ti era la correcta.

Acababa de agarrar el picaporte de la puerta cuando sintió unos poderosos pasos a su espalda. Una mano firme se cerró sobre la suya.

–Nada de eso, cariño. Todavía no.

Sophy sentía su respiración en la nuca. Cuando su masculina cercanía se apoderó de ella, acelerándole el pulso, se dio cuenta de que mientras ella jugaba a ser Lana Turner, él no era ningún héroe de Hollywood bidimensional. Era un hombre alto y peligroso de carne y hueso.

Su cuerpo emanaba calor. Se giró para mirarle y pegó con la espada contra la puerta, incapaz apenas de controlar el ritmo de la respiración, jadeando como una corredora de maratón. Pero por muy sexy que le pareciera Connor, se recordó a sí misma que era el hombre que le había robado la carta. Resultaba imperativo mantener la frialdad. Hizo un esfuerzo por ignorar la reacción química que hizo efervescencia en su interior y estiró la espina dorsal.

Connor dio un paso atrás para observarla y frunció el ceño. Sus ojos negros echaban chispas.

–Vacíate los bolsillos.

Sophy sintió que le ardían las mejillas ante aquel insulto.

–No tengo bolsillos.

Un brillo oscuro iluminó los ojos de Connor.

–Bueno, entonces no me queda más remedio que cachearte.

A Sophy se le puso el estómago del revés. Si le permitía intentarlo estaría perdida. Su boca masculina y firme, que no estaba muy lejos de la suya, relajó sus duras líneas, como si estuviera disfrutando de tener el dominio de la situación.

Se apoyó otra vez contra la puerta, los senos le subían y le bajaban debido a la respiración agitada.

Entonces él colocó los labios en los suyos con deliberado y sensual propósito. Ante aquel firme contacto, un escalofrío le recorrió las venas como una descarga eléctrica, provocándole un temblor en los senos al instante.

Un escalofrío le recorrió el cuerpo a Connor. Ella trató de recordar que era su enemigo y trató de enfriar su respuesta, pero Connor la estrechó más contra sí.

Entonces suavizó el beso para convertirlo en una persuasión inteligente y dulce, hasta que el fuego de sus labios le encendió el caudal sanguíneo y excitó todos sus rincones íntimos. Aunque era un hombre grande y fuerte, la sostenía con ternura con sus broncedas manos en la cintura. Tenía un tacto tan seductor que, en lugar de oponer resistencia, le deslizó las manos por las costillas. A través de la camisa, el calor de su cuerpo duro bajo las palmas le resultó tan excitante que no pudo evitar retorcerse de placer.

Cuando estaba a punto de desmayarse debido a las abrumadoras sensaciones, Connor le tentó los labios con la lengua. Su sabor hizo explosión en la boca de Sophy. El leve rastro de café y de pasta de dientes fue cubierto por otro sabor, una esencia primitiva que pertenecía únicamente a Connor. Él deslizó la perversa lengua, seduciéndola con eróticos embates dentro de la boca en rincones que ella no sabía ni que existían.

Todo su interior se derritió de un modo involuntario. Sintiéndose débil, tuvo que agarrarse a él para sostenerse. Y el contacto le resultó de lo más satisfactorio. Era todo músculo, fuerte como el acero, y los senos se le endurecieron contra el sujetador en busca de…

Un jadeo de deseo atravesó su cuerpo como una pantera feroz. Estaba convencida de que Connor sentía lo mismo, porque cuando la besó con más pasión la atrajo hacia sí también con más fuerza, como si quisiera experimentar con más intensidad el roce de sus cuerpos.

Las inquietas manos de Connor le acariciaron los senos, las curvas de la cintura y de las caderas, y ella quiso más. Se rindió completamente. Perdida en las sensaciones, no fue consciente del pequeño tirón de la camisa en la cintura hasta que sintió los nudillos de Connor en la piel del vientre. Entonces él le puso las manos en los hombros y la apartó de sí.

El repentino shock la dejó jadeante. Mientras trataba de ajustarse a la realidad con la sangre todavía bulléndole, Connor dio un paso atrás. Respiraba agitadamente y echaba chispas por los ojos.

Un gesto burlón y enfadado le curvó la boca. Tenía el pasaporte en la mano y lo blandía hacia ella.

–¿De verdad creías que te ibas a salir con la tuya?

–Ah, eso –Sophy sintió cómo le ardían las orejas–. Mira, tenía intención de devolvértelo, pero… entraste demasiado pronto. No se me ocurrió qué hacer con él. Lo siento.

Varias emociones cruzaron por el bello rostro de Connor: asombro, extrañeza y, a juzgar por el modo en que fruncía los labios, desprecio.

–Bueno, espero que estés satisfecha con lo que has descubierto.

–Pues no, no estoy satisfecha –le espetó–. Y no lo estaré hasta que recupere mi carta.

–¿Todavía la sigues buscando?

Se le borró la sonrisa y se le suavizó la mirada al ver su rostro sonrojado.

–Ha valido la pena que te pillaran, ¿no crees? –Connor se inclinó hacia delante y le rozó la boca con el dedo–. Delicioso, Sophy –murmuró con voz sensual–. Debes volver a buscarla en otra ocasión.

Ella sintió el poderoso deseo de matar a Connor O'Brien.

Se giró sobre sus talones y abrió la puerta de golpe. Tuvo que hacer un esfuerzo por caminar con dignidad y no salir corriendo.

Connor terminó de colocar los libros en la estantería y cerró las puertas de cristal. Llevaba años dedicado a las normas de la guerra. Ahora, al ver los tomos cuidadosamente alineados, sintió curiosidad por qué podría haber cambiado en los derechos humanos. Aquella podía ser una buena oportunidad para ponerse al día.

Miró a su alrededor con satisfacción. Los muebles alquilados para tan corto espacio de tiempo eran bastante impresionantes. Casi podía imaginar cómo sería trabajar allí de verdad, con Sophy Woodruff en el despacho de al lado.

Era todo un misterio. Si las sospechas de sir Frank tenían algún fundamento, era el operativo más inusual con el que se había encontrado en su vida. Torció el gesto. Todavía estaba asombrado por su falta de buen juicio al no haber dejado su pasaporte a buen recaudo.

Sophy tenía que estar muy desesperada para arriesgarse a que la pillara en su despacho.

Connor estiró los hombros y se recordó a sí mismo las normas que había aprendido en la dura escuela del dolor y la pérdida. No debía permitir la entrada de ninguna mujer en su vida. Algún encuentro ocasional en algún hotel, una compañera que le diera lo mínimo y no esperara nada a cambio, eso era lo máximo que podía permitirse. Por el bien de la mujer y por el suyo. Las conexiones, los sentimientos, las ataduras, todo estaba fuera de sus límites.

Se le pasó por la mente que Sophy Woodruff pudiera ser tan inocente como parecía, pero antes que nada, encontraría la carta.

Capítulo Tres

–¿Sophy?

Ella apretó con fuerza el teléfono del despacho.

–Ah, Elliott... he estado intentando llamarte. Hay algo...

El tono seco de Elliott la cortó al instante.

–No tengo tiempo para charlas. Mira, ahora que tenemos algo concreto creo que debemos hablar de nuestra situación –aseguró con tono desabrido e impersonal–. Lo mejor será que nos lo quitemos de encima cuanto antes. ¿Podríamos cenar mañana?

Sophy sintió una punzada de esperanza. ¿Cenar en su casa? La perspectiva de conocer a Matthew y a la mujer de Elliott le abrió la puerta a imaginar más cenas, reuniones familiares...

–Eso-eso sería maravilloso, Elliott. Estoy deseando...

–Bien. La reserva es en el Sands.

A Sophy se le cayó el alma a los pies. Un hotel. No era precisamente un gesto de «bienvenida a mi vida, hija». Pero seguía siendo una cena con la posibilidad de una conversación, no un café rápido en un lugar oscuro. Estaba haciendo progresos.

–Te espero a las siete –Elliott colgó antes de que ella pudiera decirle nada sobre la carta.

Si no podía recuperar el informe antes de encontrarse con Elliott, tendría que confesarle lo sucedido.

Durante la última semana se había encontrado con Connor en varias ocasiones, cruzándose en la escalera o entrando y saliendo del café. Él la saludaba con naturalidad, como si fuera un conocido más.

Pero cada vez que le veía suponía un shock para ella y el pulso se le aceleraba. Soñaba con él y le alteraba los sentidos. Cindy y la otra recepcionista ya se habían fijado, y siempre estaban hablando de él y babeando.

–¿Sabes qué? Se lo he preguntado y no está casado –le escuchó decir a Cindy en una ocasión.

Sophy no necesitó preguntar a quién se refería. Trató de cerrar los oídos a sus fantasías, pero no funcionó.

El pasaporte le había resultado intrigante. El hecho de que fuera rojo en lugar de azul como el de todos los demás significaba que era diplomático o que trabajaba para Asuntos Exteriores o para alguna embajada extranjera. Pero, ¿qué estaba haciendo en el Alexandra?

En cuando despidió al último cliente de la mañana, metió el sándwich y un libro en el bolso, bajó en el ascensor y salió al calor de mediodía. Era otro día abrasador. En cuanto cruzó por las puertas de hierro y se lanzó al laberinto de caminos en sombra, sintió el aire fresco en la cara y una sensación casi mística de paz la inspiró. Avanzó por la zona más popular de los jardines y se adentró a los rincones más tranquilos, donde la vegetación era más exuberante. Escogió un sendero estrecho y sinuoso que se abría a un prado rodeado de sauces de largas ramas.

Se sentó en la hierba y apoyó la espalda en el tronco de uno de los sauces. Se imaginó yendo a casa de Elliott, donde la recibirían como a una hija, una hermana…

Tal vez debería atajar aquellos sueños. La vida real no funcionaba así. Sophy había creado lazos con Henry y Bea, pero ellos no los habían creado con ella. A veces se preguntaba si se habrían ido a vivir fuera si hubiera sido su hija biológica.

Sus padres le habían pagado en una ocasión el billete para que fuera a visitarlos, y fue algo fabuloso, aunque demasiado corto. Le escribían con asiduidad, la llamaban en Navidad y por su cumpleaños, y Sophy estaba ahorrando para ir a verlos las próximas vacaciones. Pero no podía llenar el agujero que habían dejado en su vida cuando se marcharon.

Dejó vagar la mente y terminó, como siempre, pensando en Connor O'Brien.

Un movimiento hizo que alzara la vista y el corazón se le detuvo al verlo allí bajo los árboles, mirándola fijamente con sus ojos oscuros. El impacto fue tal que Sophy se quedó momentáneamente paralizada.

Connor llevaba pantalones informales y una camisa blanca abierta al cuello. En la mano tenía una bolsa de la biblioteca universitaria.

–Así que aquí es donde te escondes –murmuró Connor acomodándose a un metro aproximadamente de ella.

Sophy hizo un esfuerzo y dijo con estudiada frialdad:

–Al parecer no es tan buen escondite como yo pensaba.

Connor se remangó la camisa. Ella trató de no mirar, pero la visión de sus antebrazos expuestos le recordó el atisbo que había visto de su pecho desnudo en su primer encuentro. Connor se reclinó hacia atrás y apoyó el brazo en la rodilla doblada. La miró con sensual admiración.

Sophy alzó una ceja.

–Y dime, ¿qué hace un diplomático en el Alexandra?

Connor respondió sin vacilar con tono firme.

–Bueno, no soy diplomático en el sentido estricto. Soy abogado. El gobierno me contrató como personal extra para la embajada de Irak. Mi contrato con ellos ha terminado, así que estoy poniéndome un poco al día antes de abrir las puertas de mi despacho. Aunque a ti parece que no hace falta que te las abra.

Sophy ignoró la broma. Le resultaba difícil aparentar frialdad cuando el corazón le latía con potencia. Connor, por su parte, parecía relajado y cómodo. Como si no fuera consciente de la tensión, arrancó una hoja del sauce y se la puso en los labios.

–¿Has encontrado tu carta?

–Ya sabes que no –murmuró ella con sequedad.

–¿Cómo voy a saberlo?

–Porque la tienes tú –no era su intención acusarle, pero las palabras le salieron por la boca antes de que pudiera detenerlas.

Connor guardó silencio un instante.

–¿Por qué crees eso? –le preguntó finalmente–. ¿Por qué haría yo una cosa así?

–Para torturarme –en cuanto lo dijo, Sophy volvió a sonrojarse, consciente de lo melodramático que sonaba aquello.

Sintió la mirada de Connor deslizarse por su cuello, hacia donde se abría la camisa mostrando un atisbo de escote.

–Cuando nos conocimos te dije que no había encontrado tu carta –aseguró él–. Si la tuviera te la habría dado. No tengo interés en tu correspondencia.

Connor sintió un remordimiento inesperado al tener que engañarla. En la pálida frente de Sophy había vulnerabilidad, pero lo cierto era que nada le despertaba más curiosidad que el contenido de aquella carta.

Se fijó en el delicado sonrojo de sus mejillas, en el pulso que le latía con fuerza en la base del cuello, y volvió a dudar de que Sophy fuera una estafadora.

Intentó un nuevo acercamiento pacífico.

–¿Por qué crees que la tengo yo? ¿Porque el otro día te estuve provocando? –Connor le tendió la mano–. No tendría que haberlo hecho. Lo siento.

Ella lo miró a los ojos y habló con voz angustiada.

–Digas lo que digas, sean cuales sean tus intenciones, tengo la certeza de que me estás mintiendo.

Asombrado, Connor no fue capaz de reaccionar al principio cuando ella agarró el bolso y se levantó. Quería tomarla de la mano y volver a sentarla a su lado, convencerla de que no tenía mala intención. Besarla. Pero Sophy cruzó las ramas de los sauces y se fue apretando el paso.

Connor estaba completamente seguro de que no se había visto con Elliott desde el lunes de la semana anterior. Su rutina era bastante predecible, se dividía entre el trabajo y su casa en Neutral Bay. Nada de salidas nocturnos. Aparte de un encuentro semanal para jugar al voleibol con sus amigas, pasaba la mayor parte del tiempo en el invernadero de su jardín.

Había llegado el momento de centrarse un poco en Elliott. ¿Dónde iba por las noches?

¿Qué se ponía una mujer para cenar con su padre? Algo modesto pero elegante para demostrarle que la ocasión valía la pena. Algo bonito para que se sintiera orgulloso de ella.

Sophy tenía mariposas en el estómago, en parte

por la emoción y en parte por el miedo a tener que decirle a Elliott que había perdido la carta. Casi toda la ropa que tenía estaba extendida en la cama antes de que volviera a decantarse por su elección primera, un vestido de noche ajustado de seda púrpura y tirantes.

Confiaba en que fuera lo bastante recatado a pesar de que le llegaba solo a las rodillas, y era bastante fresco para combatir el pesado calor que se cernía sobre la ciudad.

Se puso sombra de ojos. Se había recogido la oscura melena en un moño suelto.

Llamó a un taxi. Cuando giraron por Steyne y enfilaron por la línea de playa, la luna llena acababa de anunciarse en el horizonte. Suponía un alivio tras el ardiente sol. El taxi aminoró la marcha y entraron bajo el pórtico del Sands.

Sophy pagó al taxista y se bajó. A pesar de estar tan cerca del mar, seguía haciendo demasiado calor. Se tomó un instante para atusarse el vestido con las palmas de las manos mientras observaba la entrada del hotel con el pulso acelerado y los sentidos en alerta.

Al final del edificio había una terraza con sillas y mesas, y escuchó lo que parecía el sonido de un bar animado. Un cartel luminoso indicaba que había un casino. Era un complejo hotelero, y Sophy se quedó sorprendida. Nunca hubiera imaginado a Elliott cenando en un lugar así. En el vestíbulo había gente entrando y saliendo y dirigiéndose a las diversas instalaciones. Una rápida mirada le hizo saber que Elliott no estaba entre los clientes que esperaban en los sofás. Se escucharon los acordes de una banda y los aplausos procedentes de algún punto, y a través de un arco se veía un amplio bar en el que había mucha gente tomando una copa. Al lado, separado por una barrera de palmeras, estaba el restaurante, ya lleno de clientes.

Sophy se acercó a la entrada y buscó a Elliott con avidez. Era un lugar acogedor, hecho con maderas brillantes, con velas en las mesas que captaban el brillo de la cristalería. Bajando un escalón se abría una planta nueva a la terraza de la playa, en la que había una pequeña pista de baile con luces.

Aquel lugar tenía energía, y Sophy experimentó una oleada de emoción. ¿Lo habría elegido Elliott para agradarla?

Consciente de que el corazón le latía con mucha fuerza, estaba a punto de darse la vuelta para darle su nombre a la recepcionista del restaurante cuando Elliott se materializó a su lado.

—La señorita Woodruff es mi acompañante —dijo antes de que ella pudiera abrir la boca.

Hubo un momento algo incómodo. Sophy esperaba que la besara en la mejilla, pero no lo hizo, aunque la saludó con cortesía. Ella le tendió la mano, pero Elliott pareció no darse cuenta. Debía estar nervioso también, pensó, y experimentó una punzada de ansiedad.

—Por aquí —dijo Elliott en voz baja casi rozándole el brazo, pero no llegó a hacerlo. Le indicó una mesa que estaba en el nivel superior, al lado del bar.

Ella sonrió en gesto de agradecimiento cuando el camarero le retiró la silla. Elliott inició una conversación insulsa sobre el calor, el tráfico de Sídney... y ella respondió con sonrisas, incapaz de hablar por la irresistible oleada de emoción al pensar que estaba cenando con su padre...

Les llevaron la carta y Sophy leyó la suya como a través de una neblina. No sabía ni lo que había pedido, pero la conversación de Elliott con el camarero sobre el vino le dio la oportunidad de recuperar algo de compostura. Todo en él, su lenguaje firme, la ropa y los modales sugerían que era un hombre de mundo.

No era su primer encuentro con él, pero los anteriores habían sido precipitados y casi furtivos, en lugares con poca luz. En esas ocasiones, Elliott se mostró estresado y seco. Ahora estaba más relajado, y mientras hablaban Sophy tuvo oportunidad de observarlo.

Tenía el pelo prácticamente plateado ya, aunque todavía conservaba mechones oscuro en las sienes. El rostro era armonioso y con facciones rectas. Tenía los ojos grises y fríos, pero seguro que había sido un hombre guapo de joven. No le sorprendía que su madre se hubiera sentido atraída por él. Elliott le aseguró que apenas la conocía, pero a Sophy le daba la impresión que sabía que había muerto. Y debía saber que tuvo una hija. Fue adoptada por los Woodruff cuando cumplió dos años.

Les sirvieron el *chardonnay* y les retiraron las cartas. Se hizo un breve silencio. Elliott Fraser bajó la mirada y se tomó un instante para reunir las palabras que quería decir.

–Estoy dispuesto a hacerte un único pago de cien mil dólares –afirmó finalmente con voz pausada–. Es una buena suma para una joven de tu edad. A cambio, espero que firmes el acuerdo que están preparando mis abogados.

Aquellas palabras atravesaron su neblina como si llegaran de muy lejos. Se lo quedó mirando sin entender nada y luego se inclinó hacia delante. De pronto sentía los labios entumecidos.

–¿Crees que quiero dinero?

Elliott la observó con el ceño fruncido.

–Entonces, ¿qué es lo que quieres? ¿Para qué persigue una mujer adulta a un hombre con el que no tiene ninguna conexión, aparte de una mera casualidad, un accidente?

Tras un instante de parálisis, Sophy sacudió la cabeza.

–Oh, no, no. No es… no es eso. Por favor –ella extendió la mano de un modo instintivo por encima de la mesa y rozó la suya.

Pero Elliott la retiró al instante, como si le hubiera tocado un leproso. Sophy sintió una cuchillada por dentro.

–Solo… solo quería… –comenzó a decir con voz ronca.

–¿Qué querías?

Cayó entonces en la ridiculez de sus esperanzas

y se quedó sin palabras. Al verse frente a la hostilidad auténtica de aquel hombre se sintió invadida por la vergüenza. Qué idiota había sido.

–Quería… conocerte –murmuró sintiendo cómo se sonrojaba hasta el cuero cabelludo. Qué absurda debía sonar. Si Elliott tuviera alguna noción de los sueños que había albergado…

Sonó el móvil de Elliott, y contestó la llamada sin dejar de mirarla con el ceño fruncido. Se levantó con el teléfono pegado a la oreja y murmuró:

–Discúlpame, enseguida vuelvo –se marchó con el teléfono.

Ella se quedó en la silla con todos los músculos en tensión. Sentía náuseas.

Quería marcharse. Buscar un taxi, volver a casa y esconderse. Olvidar a Elliott Fraser y aquella maldita historia. No necesitaba una figura paterna en su vida. Ya tenía un padre al que quería muchísimo. Al pensar en Henry, se le llenaron los ojos de lágrimas.

Sophy trató de contener las lágrimas por temor a que alguien de las mesas vecinas pudiera verla llorar. No podía permitir que la rechazaran de aquel modo sin defenderse. Había comenzado aquel proceso porque le había parecido lo correcto, lo humano. Sentía que era casi como una señal del destino haberle visto el primer día en la clínica.

Debía al menos terminar la velada con dignidad. Hacerle comprender que no todo el mundo estaba dispuesto a utilizar sus conexiones familiares para ganar dinero.

El camarero llevó el primer plato y la sopa se quedó enfriándose delante de ella. Como le sucedía últimamente con frecuencia, tuvo la impresión de que alguien la estaba vigilando. Miró a su alrededor, a los otros comensales, pero parecían ajenos a ella.

El camarero regresó y sugirió llevarse los platos para mantenerlos calientes hasta que su compañero regresara.

La llamada de Elliott estaba durando mucho.

No era asunto suyo, pensó Connor inclinándose hacia delante en el taburete del bar. Sophy no era responsabilidad suya. Si se inclinaba un poco a la izquierda de las plantas podía verla con claridad reflejada en el espejo que había detrás de la barra del bar. Estaba sentada muy recta, con postura rígida. Como si estuviera dolida.

Connor consultó el reloj. Hacía casi diez minutos que Elliott se había marchado. Se dio cuenta de que tendría que haber estado más atento a la marcha de Elliott. ¿La habría dejado allí plantada?

No podían ser amantes. ¿Dónde estaban los roces, las miradas?

Recordó el momento en que Sophy se había inclinado hacia Elliott. Había algo de súplica implorante en su gesto. Elliott era un hombre frío se mirara por donde se mirara, pero su respuesta le había parecido curiosa, como mínimo. ¿Qué hombre en su sano juicio podría resistirse a ella?

Lo que hubiera sucedido entre ellos en aquella tensa confrontación no parecía una pelea de amantes. ¿Dónde estaban el fuego y la pasión? Allí faltaban.

Miró el reloj del bar. Trece minutos. ¿Dónde diablos estaba Elliott? ¿Eran imaginaciones suyas o Sophy Woodruff miraba a su alrededor desesperada? ¿Estaba empezando a preocuparse por su rico Romeo?

¿Y qué si Fraser la había hecho daño? Aprendería de ello y tal vez en el futuro se mantendría alejada de los hombres mayores y casados.

Pero tenía que ser realista. ¿Por qué buscaría una mujer joven a un hombre de mediana edad como Elliott cuando sin duda tendría una fila de hombres más jóvenes de sangre caliente deseando poder probar aquellos labios carnosos, aquel cuerpo llena de vida? Tenía que deberse a los millones de Fraser.

Connor se bajó del taburete de la barra y dobló la esquina para dirigirse al cuarto de baño de hombres. Había unos cuantos allí dentro, pero no estaba Elliott. Volvió a salir para echarle un vistazo al recibidor. Ni rastro de él. Se dirigió por el corredor a la entrada de coches y miró: la rata había huido.

Connor sintió cómo se le aceleraba el pulso cuando regresó a su esquina del bar. Trató de calmarse. O era una cazafortunas o estaba enamorada de aquel hombre maduro. Ninguna de las dos perspectivas le gustaba.

No tendría que acercarse. Revelar su presencia sería un error. Pondría en peligro su investigación.

Volvió a mirar al espejo. Vio a Sophy mirar a su alrededor con valentía con una sonrisa expectante en los labios, como si quisiera decirle al mundo que su pareja regresaría en cualquier momento. Connor apretó con más fuerza la copa.

El muy desgraciado, dejarla sola en un sitio así, una fruta madura al alcance de cualquiera.

No podía permitirse ninguna implicación con nadie. Aunque si se limitara a hablar con ella, tal vez Sophy le daría alguna explicación sencilla respecto a su relación con Elliott. Un poco de conversación no le haría ningún daño. El cerebro de Connor se llenó de imágenes de sus esbeltas y firmes piernas enredadas en las sábanas, pero las apartó de sí.

Se llevó la copa a los labios y la apuró. La idea que se le había ocurrido respecto a ella le abrumó. No era ninguna agente que trabajara para algún servicio de inteligencia. Era una foniatra que trabajaba en una clínica infantil. Y que tal vez buscara mejorar su estatus financiero con algún hombre mayor. Eso era todo.

Lo siento, ha surgido una emergencia. Por favor, continúa cenando. Estaremos en contacto. E. Fraser.

Sophy arrugó la hoja del papel con membrete del hotel. Aquel rechazo le dolió.

Un grupo de música había empezado a tocar y

varias personas se habían desplazado hasta la pista de baile. Sophy podía sentir las miradas curiosas de algunas parejas cercanas que la miraban.

Agarró el bolso para marcharse, pero se quedó paralizada. La atlética figura de Connor O'Brien estaba entrando por la puerta con total naturalidad, como si el Sands fuera su segunda casa.

A ella se le aceleró el pulso de un modo salvaje. La estaba siguiendo.

Vio cómo bajaba su oscura cabeza para hablar con el jefe de camareros y luego la miraba directamente. Poniéndose tensa, Sophy agarró la carta de vinos y fingió leerla. Connor O'Brien avanzaba hacia ella con paso firme.

–Sophy.

Necesitó unos instantes para reunir energía para alzar la mirada de la carta, y cuando lo hizo, sus pestañas se unieron a la vorágine del resto de su cuerpo. Iba vestido en varios tonos de negro: traje negro de noche, camisa negra y brillante corbata de seda negra. Con su cabello negro como el ébano y los ojos negros como la noche, no resultaba fácil mirarle.

–Qué agradable sorpresa.

–Para ti tal vez –contestó ella en un hilo de voz.

La mirada de Connor adquirió un brillo de comprensión, y Sophy se dio cuenta horrorizada de que le había dejado saber lo humillante que era para ella estar allí sola sentada.

–¿Qué estás haciendo aquí? –le preguntó a Connor. Como si no lo supiera.

Él miró a su alrededor. Parecía estar buscando a los acompañantes de Sophy.

–¿Te importa si me siento? –Connor retiró la silla de Elliott y se dejó caer en ella antes de que Sophy pudiera protestar–. Se suponía que había quedado con una mujer, pero para mi vergüenza, tengo que decir que me ha dejado colgado.

–Entiendo que te sientas avergonzado –aseguró con tono dulce–. Y también entiendo que te haya dejado colgado.

Connor esbozó un amago de sonrisa.

–No es algo a lo que esté acostumbrado. Debo estar perdiendo mi toque.

Sus mirada se cruzaron y él sonrió. Sophy sintió cómo se le sonrojaban las mejillas ante el recuerdo de su entusiasta participación en aquel beso. La sospecha de que la había seguido se hizo todavía más fuerte. Era imposible imaginar que ninguna mujer le dejara colgado.

–¿Y qué me dices de ti? –la voz de Connor sonaba suave como la seda–. ¿Estás con alguien?

–Por supuesto. Bueno… estaba con alguien. Mi… amigo ha recibido una llamada urgente.

–Ah –Connor sacó del cubo de hielo el vino que Elliott había pedido y examinó la etiqueta antes de volver a dejarlo en su sitio–. No era el tipo de pelo gris con el que estabas hace un momento, ¿verdad? ¿No te parece que es un poco mayor para ti? Seguramente te vio aquí sentada como un pequeño melocotón maduro bajo la luz de las velas y se dio cuenta de que no estaba a la altura.

Ella aspiró con fuerza el aire, se inclinó hacia delante y susurró:

–Lo sabía. Me estabas espiando, ¿verdad? ¿A qué estás jugando, Connor? ¿Por qué me acosas?

Connor se puso tenso y adquirió una expresión defensiva, como si le hubiera insultado en su honor. Parecía tan serio, un modelo tal de decencia ultrajada que se preguntó si no habría estado imaginando cosas y exagerando.

Con fría deliberación, Connor sirvió un poco del *chardonnay* en la copa de Elliott, lo hizo girar, aspiró su aroma y luego lo saboreó.

–Resultaba que estaba aquí antes que tú –aseguró–. Estaba esperando en el bar, y entonces, ¿quién entró contoneándose en el restaurante? Nada menos que Sophy Woodruff. ¿Cómo sé que no eres tú la que me acosa a mí?

–Sabes que no.

–¿Cómo puedo saberlo? Entraste en mi despacho…

–Ya sabes por qué lo hice.

–Es verdad –Connor la miró burlón–. Entraste a disculparte. Querías arreglarlo con un beso.

Sophy contuvo el aliento.

–Mentira. Solo te besé porque… porque estaba desesperada.

Connor se rio, y ella lamentó no haberse mordido la lengua. ¿Por qué siempre se las arreglaba para que dijera cosas que sonaban tan infantiles? Debía pensar que era la mujer más ingenua y poco sofisticada que había conocido en su vida.

Connor le quitó la carta de vinos de los dedos y la miró por encima.

–Fascinante –murmuró–. Entiendo que estuvieras tan interesada.

–Te odio de verdad, Connor O'Brien –le espetó Sophy sin poder contenerse.

Él alzó la mirada hacia la suya y vio un brillo burlón mezclado con desafío sexual que atravesó sus débiles defensas como un espada cortaba el papel.

–¿Estás segura? –le preguntó con dulzura.

Ahora no bromeaba. Sophy sacudió la cabeza mientras buscaba las palabras adecuadas, pero él se le adelantó.

–Shh, no digas nada de lo que te puedas arrepentir, ¿de acuerdo? Lo siento. De verdad. Por todo –Connor se llevó la mano al corazón–. ¿No crees que ha llegado el momento de dejar atrás el pasado? Vamos, lo estás deseando.

Entonces sonrió. Nunca antes había sonreído así, aunque Sophy se había fijado en que a veces se le suavizaba la mirada. Ahora, al ver su bello rostro iluminado por la calidez, Sophy sintió que le faltaba el aire en los pulmones y que su interior se derretía como la miel al sol.

Todos sus instintos la llevaban a decir que sí. Bueno, casi todos. Todavía había un parte de ella que encontraba algo inquietante en Connor a pesar de lo alto, directo y guapo que era.

Resultaba difícil saber cómo confiar en él, le resultaba difícil hablar con él debido a sus bromas y a sus burlas. Tenía unas barreras alrededor que no sabía cómo salvar. Y, por supuesto, estaba el tema de la carta. Aunque lo cierto era que después de aquel día en los jardines, había empezado a creer en su inocencia al respecto. No tenía sentido que una abogado de derechos humanos robara el perfil genético de una desconocida solo por placer.

Y ahora le parecía sincero, pero no quería rendirse tan fácilmente. Así que le dijo con tirantez:

–Tendrás que cambiar de actitud.

Connor frunció las oscuras cejas.

–¿Qué actitud?

–Lo sabes muy bien. Siempre te estás burlando de la gente.

–Ah, eso. De acuerdo. Te prometo que no me burlaré. Entonces –sonrió y le tendió la mano–, ¿amigos?

De alguna manera, a pesar de la constricción que sentía en los pulmones debido a su deslumbrante mirada, Sophy consiguió respirar.

–Supongo que sí. Amigos.

Permitió que le tomara. El brillo de los ojos de Connor se intensificó y tardó varios segundos en soltarla.

–Me gustas con el pelo recogido –aseguró él con tono cálido–. Me dan ganas de soltártelo.

¿Los amigos decían cosas así? Tal vez fuera el resultado del torbellino emocional de la velada, pero experimentó una sensación de efervescencia en la sangre.

Trató de no demostrarlo y dijo con frialdad:

–Bueno, de todas maneras me voy ya a casa, así que…

Connor volvió a atraparle la mano.

–No, no te vayas –le hizo un gesto a un camarero que pasaba por allí para que se acercara–. La señorita Woodruff va a cenar conmigo. ¿Verdad, Sophy? Y queremos una de esas mesas de allí afuera –le informó Connor al camarero señalando la terraza–. Volvió a bañarla con una de aquellas miradas íntimas y seductoras.

Ella se derritió por dentro. Aquellas mesas resultaban invitadoras. Los músicos habían empezado a tocar una antigua balada y varias parejas bailaban bajo las luces. Mientras el camarero les cambiaba de mesa y se iba a buscar una carta para Connor, él extendió la mano y la guio hacia la terraza.

Connor observó el precioso rostro de Sophy mientras ella miraba a su alrededor y sintió una punzada por dentro. Hizo un esfuerzo por apartar la vista de ella, volvió a mirar al camarero. Tenía plena confianza en la elección del *chardonnay* que había hecho Elliott, así que decidió meterse en su piel, beberse su vino, comerse sus ostras, cortejar a su chica. Después de todo, era una oportunidad de oro.

La tela del corpiño le formaba dos elegantes curvas por encima de los senos. A Connor le temblaron los labios ante la idea de trazar aquellas deliciosas curvas, pero apartó de sí la imagen.

Aquello era trabajo. Nunca tendría una oportunidad mejor para sacar el tema. Si recababa la suficiente información aquella noche, podría enviarle un informe a sir Frank.

Mantuvo la conversación centrada en ella, averiguó todo lo que pudo sobre sus compañeras de piso; sus estudios universitarios; sus padres, que vivían en Inglaterra. Muchas cosas coincidían con lo que él ya sabía. Sophy parecía hablar con franqueza, si estaba actuando y todo era una tapadera, era muy buena.

–Tu amigo me resulta familiar –dijo con naturalidad–. No será Elliott Fraser por un casual, ¿verdad?

–¿Lo conoces?

–No exactamente, pero mi padre y el suyo eran muy amigos. Trabajaron juntos en el pasado.

–¿De verdad? Vaya, qué gran coincidencia –Sophy se lo quedó mirando y trató de acostumbrarse a la idea de que conociera a Elliott y a su familia aunque fuera de refilón. Sacudió la cabeza–. Es increíble.

–No tanto –Connor se encogió despreocupadamente de hombros–. La alta sociedad de Sídney es un círculo reducido. La gente se conoce, van a los mismos clubes y a los mismos conciertos, envían a sus hijos a los mismos colegios. Mi padre jugó al golf con sir Frank todos los jueves durante treinta años. ¿Has oído hablar de sir Frank Fraser?

–No –Sophy se llevó la copa a los labios–. Elliott no lo ha mencionado.

–Entonces… no os conocéis desde hace mucho.

Lo miró de reojo.

–No, no hace mucho.

Connor guardó silencio y frunció el ceño.

–¿Qué ocurre? –inquirió ella.

–Es que… –Connor vaciló, como si se estuviera enfrentando a un tema difícil. Luego se encogió de hombros–. Tal vez Fraser no te haya dicho que está casado.

Sophy lo miró fijamente. Tenía los ojos clavados en su rostro. Connor no podía pensar que…

–¿Estás hablando en serio? –se habría reído si la implicación no fuera tan insultante. Se inclinó hacia delante–. ¿De verdad crees que tengo una aventura con Elliott?

Connor, que estaba sirviéndole una copa de vino, se detuvo a medio gesto.

Sophy estuvo a punto de soltar la verdad. Aunque era difícil saber cuánto contar sin mentir. Vacilando, dijo con tono coqueto:

–¿Por qué debería contártelo?

Connor dejó caer sus largas pestañas un instante y luego dijo con tono suave:

–Porque necesito saberlo.

Si Connor sospechaba que estaba saliendo con Elliott, entonces no debía haber leído la carta. No podía haberla robado. Le había contado la verdad.

Al observar su rostro fuerte al otro lado de la mesa, el corazón le dio un vuelco de alegría. Un nuevo mundo de posibilidades se abrió ante ella. Podía confiar en él, ahora eran amigos, le caía bien a Connor… más que caerle bien, a juzgar por la pequeña llamarada que brillaba en sus ojos cuando le deslizó la mirada por el cuello hasta los senos, despertando chispas en su sangre y acelerándole el pulso.

Sophy se llevó el último trozo de ensalada a la boca y dijo cuidadosamente:

–Lo cierto es que Elliott sí me dijo que estaba casado.

–¿Y que tiene un hijo? –insistió Connor.

Ella asintió.

–Sí. Vi a Matthew, su hijo. Lo llevó a la clínica.

Sophy vaciló, consciente de que si hacía que sonara demasiado misterioso solo aumentaría su curiosidad.

–Entonces, ¿el niño es paciente tuyo?

Aquella hubiera sido una excusa conveniente, pero desgraciadamente no podía utilizarla.

–Bueno, no –Sophy lamentó no poder decir la verdad.

Connor sacudió la cabeza y protestó.

–Estás siendo muy misteriosa.

–Lo sé, lo sé, no es mi intención. Es que... he llegado a un acuerdo. He hecho una promesa y debo mantenerla.

–Ah, una promesa –Connor asintió y entornó los ojos–. De acuerdo–. Pero en lugar de quedarse satisfecho, parecía más confundido que nunca. Frunció el ceño–. ¿No estarás metida en algún lío, verdad, Sophy? –hablaba con ligereza, casi como si estuviera bromeando. Pero sus ojos mostraban un brillo cariñoso. Parecía genuinamente preocupado, aunque podría tratarse de un efecto provocado por la luz de las velas.

—No, por supuesto que no. ¿A qué te refieres? Solo he quedado a cenar con un hombre.

Connor se reclinó y la observó mientras jugueteaba con el pie de su copa.

—Un hombre mayor y casado. Mucho mayor y muy casado, de hecho —se llevó la copa a los labios—. Supongo que querrá arreglar las cosas. Apuesto a que mañana te enviará flores. O tal vez bombones. ¿Quién sabe? Tal vez incluso se decida por los diamantes.

—¿Diamantes? Por favor, vuelve al mundo real.

—Bueno, es muy rico.

—¿Ah, sí? —Sophy abrió los ojos de par en par.

Se le cayó el alma a los pies y se mordió el labio. No era una buena noticia para ella. Si Elliott era rico y poderoso, seguramente tendría mucho más que perder al reconocer a una hija de veintitrés años. Tal vez tendría que haber averiguado más cosas sobre él antes de lanzarse de cabeza.

Para su vergüenza, algún río subterráneo escogió aquel momento para salir a la superficie y desbordarse. Los ojos se le llenaron de lágrimas y tuvo que apartar la cara. Trató de sonreír y decir algo improvisado, pero no le salió la voz.

Connor rompió el silencio.

—¿No-no sabías que los Fraser eran ricos? —tanteó.

La maldita presa volvió a irse abajo y Sophy alzó los hombros con rigidez.

–Lo que haga Elliott Fraser o lo que tenga no es asunto mío.

Las facciones de Connor se endurecieron.

–Mira, yo... –extendió la mano por encima de la mesa y le agarró el brazo con delicadeza–. Siento si ha parecido que quería decir... te vi con él aquí y... bueno, estaba intrigado.

–Tal vez solo seas desconfiado por naturaleza.

Connor se encogió de hombros y su bello rostro adquirió su habitual expresión calmada. Era culpa suya, se reprendió a sí misma, por haber mostrado sus auténticos sentimientos ante lo que no eran más que unas preguntas naturales.

Sus miradas se cruzaron accidentalmente y el deseo que percibió en Connor la dejó sin aliento. Apartó la vista rápidamente y trató de mantener la atención fija en la gente que estaba bailando, pero todo el tiempo fue consciente de que él estaba reclinado en la silla sosteniendo la copa.

Sintió una oleada de calor en los senos. Connor no confiaba en ella, pero la deseaba. Saberlo le despertó algo primitivo.

Tenía que admitirlo: desde aquel beso había soñado con él. Ahora que tenía experiencia de primera mano de lo sensuales que eran sus labios, al mirarlos se le despertó algo en el estómago.

Llegó el camarero para recoger los platos y les ofreció la carta de postres. Connor pidió solo café y ella se decidió por la tarta de trufa. Mientras hablaban con el camarero sintió la ardiente mirada de Connor devorándola como un lobo.

–¿Qué pasa, Connor? ¿Me estás examinando?

Algo cambió en su expresión, pero se limitó a decir:

–No.

Pero quería saber más cosas de ella, lo presentía. Y también sentía el deseo que ardía dentro de él, conectándole con ella como un fusible en llamas. Fuera lo que fuera, aquello era real, reconoció Sophy con un subidón de adrenalina.

Le pusieron delante la tarta de trufa, que llegó servida con fresas y salsa de arándanos.

–Bueno –dijo tomando el tenedor–. No sé qué habrás pensado, pero estás equivocado. Mi… asociación con Elliott Fraser no es lo que tú crees.

Connor no parecía escuchar. Su mirada oscura y sensual la estaba devorando.

–¿Y qué es entonces?

Sophy se sentó más recta y le dirigió una mirada severa.

–Es un asunto privado entre él y yo –esperó a que Connor dijera algo, y al ver que no lo hacía se sonrojó por la rabia–. Vamos, ¿tan dura te parezco?

Connor salió de la ensoñación sensual en la que estaba sumido contemplándola. La sinceridad de sus dolidos ojos azules le había calado hondo. Le tomó la barbilla con los dedos y sus sospechas cayeron de golpe.

Después de los engaños y las mentiras que había vivido durante los últimos años, debería ser capaz de reconocer la verdad cuando la oía. Se maldijo a sí mismo por estúpido. La había visto como una sospechosa cuando hasta el idiota más ciego habría podido ver… fuera cual fuera el asunto privado que tenía con Elliott, era una inocente. Sir Frank se había equivocado. Era una inocente deseable y seductora.

–No –murmuró con voz ronca–. No me pareces dura.

Sophy sonrió entonces con tanta generosidad y dulzura que se sintió como el mayor desgraciado del mundo. Ella blandió el tenedor hacia él.

–Eso está bien –aseguró con voz ronca–, si vamos a ser amigos.

Connor se reclinó en la silla y la miró deslizar el tenedor en la tarta antes de llevárselo a la boca. Cada vez que sus labios se cerraban sobre un trozo imaginaba el chocolate fundiéndose en su lengua rosa. Sintió una punzada en la entrepierna.

Sophy agarró una fresa con sus delicados dedos y le dio un mordisco. Cerró los ojos brevemente y Connor se sintió torturado. ¿Por qué las mujeres más deseables eran siempre las más prohibidas? Iba contra las normas. Era un riesgo gigantesco, pero hizo lo que cualquier hombre habría hecho. Se levantó de la silla y sonrió.

–¿Quieres bailar?

Capítulo Cuatro

Besar a Connor O'Brien había sido excitante. Bailar con él era cabalgada salvaje y erótica hacia el deseo.

Sophy permitió que Connor la llevara a la pequeña y abarrotada pista de baile. El aire de la noche era como un elixir en sus venas. Él la miró con su seductora y oscura mirada y luego la tomó de la cintura y la atrajo hacia sí.

Su aroma le acarició los sentidos como un potente recordatorio de aquel beso. Al principio, recordando el ridículo que había hecho aquella vez, Sophy trató de contenerse, de no inhalar su especiado y delicioso aroma, no ser demasiado consciente de su cuerpo atlético y fuerte, de aquellas piernas poderosas que ardían en las suyas.

–Relájate –le susurró Connor al oído colocándole una mano firme en la parte baja de la espalda–. Solo baila.

Le rozó el lóbulo con la boca y sus sentidos se colapsaron. Sophy se rindió y se fundió en él. Connor exhaló un profundo suspiro y la atrajo hacia sí.

Le resultaba embriagador sentir su pecho contra los senos. Sus dedos acariciándole la columna vertebral, el ocasional roce de la rodilla... bailar era una buena excusa para tocarse. Le resultaba demasiado sexual.

Él la miró con los ojos ardiendo en llamas y a Sophy se le secaron los labios al fijarse en su sexy boca.

La mandíbula rasposa le acariciaba la sien, y en el interior de su sujetador sin tirantes se le hincharon los senos con desvergonzado deseo. Sintió la embestida de su erección y su deseo se encendió fuera de control.

Entró en pánico y se apartó de sus brazos.

—Hace mucho calor —murmuró sin aliento apartándose de la oscura llama de sus ojos—. Demasiado calor.

Se quedó de pie en medio del ruido y el movimiento de la gente con el corazón latiéndole a toda prisa, atusándose el pelo y el vestido con manos temblorosas. Entonces le lanzó una mirada y salió de la pista de baile. Connor la siguió sin tocarla, pero Sophy podía sentir de un modo intangible la excitante textura de su piel, como si todavía estuviera entre sus brazos.

De regreso en la mesa, mientras se servía lo que quedaba de agua en el vaso, Connor le hizo una señal al camarero. Pagó la cuenta evitando mirarla. Para desilusión de Sophy, se puso de pie y sacó las llaves del coche.

—¿Lista para marcharte? —dijo finalmente con tono firme—. Te llevaré a casa.

Ella se encogió de hombros y agarró el bolso, lamentando su ridícula huida de la pista de baile.

¿Por qué lo había hecho? Connor debía pensar que era una tonta y una ingenua, cuando en realidad le había encantado estar entre sus brazos.

Se levantó de la mesa y se giró para mirar la playa. La luna estaba ahora más alta y su brillo dorado había palidecido hasta convertirse en un reflejo de plata. Debajo, la arena de la playa tenía un tono blanco y suave.

Connor empezó a irse y entonces, siguiendo un repentino impulso, Sophy dijo:

—Es una pena que nos vayamos a casa tan pronto, hace una noche tan bonita…

Vio cómo Connor se ponía tenso y se detenía, percibió la tensión de sus anchos hombros. Tras unos segundos, se giró con las llaves en la mano y le preguntó con voz más profunda que nunca:

—Bueno, ¿y qué te gustaría hacer? —siguió la mirada de Sophy, que llevaba hacia la playa.

—¿Qué te parecería dar un paseo?

Connor vaciló. Sophy sentía el conflicto en su interior, la tensión de sus músculos, la lucha interior. Pero en el fondo sabía que accedería. Transcurridos unos minutos, se guardó las llaves del coche en el bolsillo, y a ella se le subió el ánimo.

Bajaron por la terraza sin tocarse y llegaron al paseo marítimo. Sophy se quitó los tacones al llegar a los escalones que daban a la playa y tocó la arena con los pies descalzos, suspirando de placer al sentir su contacto sedoso en las plantas.

—Qué maravilla —exclamó—. ¿No quieres quitarte los zapatos?

Connor tenía una expresión neutra.

—¿Para qué?

—Bueno —Sophy extendió los brazos y dio vueltas—. Para disfrutarlo al máximo —alzó el rostro hacia la luna y aspiró el aroma salado del mar—. Sentir los olores, escuchar el bramido del mar… ¿no te parece la mayor experiencia sensual?

A Connor le brillaron los ojos.

—No me digas que eres un de esas personas a las que les afecta la luna.

—Bueno, soy Piscis —le sonrió.

De pronto se sentía fuera de lugar. ¿De qué iba a hablar con él, un hombre que apenas conocía, allí en la playa?

Caminó a su lado, alejándose del hotel y de las luces brillantes. La marea estaba baja y Sophy le siguió hacia la arena húmeda de la orilla, donde resultaba más fácil andar.

De vez en cuando se oía alguna voz procedente del paseo, cuando la gente salía de los bares y restaurantes a disfrutar del aire fresco. Pero aparte de ellos, la playa estaba desierta.

La luz de la luna proporcionaba al rostro de Connor una belleza remota y extraña.

Incluso sin tocarle, podía sentir la tensión eléctrica que despedía su cuerpo. Conectaba con el suyo en cada célula a pesar del muro que él había construido.

Sintió la necesidad de llenar el vacío entre ellos hablándole de sus vacaciones familiares con los Woodruff, buenos tiempos en los que iba a la playa con Henry y Bea, cosas divertidas que le habían pasado de pequeña.

Connor se relajó un poco escuchando su cháchara, hizo alguna que otra pregunta e incluso se permitió reír un par de veces. Fuera lo que fuera lo que le estaba carcomiendo, el auténtico Connor estaba bajo la superficie.

Casi habían llegado a las grandes rocas del cabo cuando sintió un escalofrío de espuma en los pies desnudos.

–Ah –gritó–. Cuidado. Hemos llegado demasiado lejos.

–La marea está subiendo. Ven –Connor le hizo un gesto para que le siguiera hacia las sombras de las rocas, donde la arena estaba fría y era más profunda.

Sophy fue tras él con torpeza y se hundió hasta los tobillos en la arena, riéndose cuando estuvo a punto de caerse encima de él. Connor la tomó del brazo y la estabilizó. El breve roce de su piel, su firme contacto, le provocaron a Sophy un escalofrío de deseo. Durante un segundo, sus ojos oscuros la dejaron sin respiración. Luego se alejó de él siguiendo el rastro de la luz de la luna.

Podía sentir su deseo como la arena bajo los pies.

Y también su resistencia.

Se sentía poseída por un lado salvaje que la impelía a hacer algo osado y fantástico. Las piernas y los senos le pesaban por el deseo.

Alzó el rostro hacia la luna y estiró los brazos.

Sentía la ardiente mirada de Connor clavada en ella.

—¿Estás ya lista para volver a casa? —la voz de Connor sonaba tirante.

—No —Sophy se rio y echó la cabeza hacia atrás, estirando los brazos con los ojos cerrados para bañarse en la mágica luz—. No me saques de aquí todavía, Connor. Me estoy bebiendo el brillo de la luna.

—¿Eres una bruja? —le preguntó con voz ronca.

Ella le escuchó acercarse y le latió el corazón con fuerza. Abrió los ojos y se le aceleró aún más el pulso al ver el deseo reflejado en su brillante y oscura mirada.

Connor se quedó rígido y luego le tocó el brazo con un dedo. La vibrante conexión se desató al instante y sintió una punzada en la piel. Como si no pudiera apartar la mano, Connor trazó el recorrido del brazo y la línea del hombro hasta el cuello, provocándole un sendero de fuego en la temblorosa piel.

—Estás hecha de alabastro.

Sophy podía escuchar la oscura turbulencia de su tono de voz, su respiración agitada y pesada. Ella estaba temblando y el corazón le latía con fuerza.

—No —jadeó—. Soy de carne y hueso.

Las manos de Connor se cerraron en sus brazos y la atrajo hacia sí, colocándole la boca en la suya en un beso hambriento y posesivo. La sangre le saltó en las venas y le inundó los pezones.

Un fuego salvaje le bailaba por los labios, dentro de la boca, allí donde su lengua viciosa tocaba tejido erótico. Su sabor y su aroma, su sólido cuerpo apretado contra el de ella, le resultaron tan sensuales que se retorció entre sus brazos y se agarró a sus poderosos hombros. Estaba en llamas. Sentía la piel tan sensible que disfrutaba de cada contacto, de sus manos ansiosas acariciándole la nuca, excitándole los senos, recorriéndole las caderas. La deliciosa sensación de sus manos firmes recorriéndole el cuerpo fue una revelación sensual. Nunca había experimentado un placer tan excitante.

Y estaba deseando sentir su piel desnuda. Le desabrochó a tientas un par de botones de la camisa y deslizó la mano para tocarle el pecho. El calor de su piel le abrasó la palma. Sus dedos encontraron la cicatriz del costado y Sophy sintió cómo un profundo temblor sacudía su enorme cuerpo. Se apartó y escudriñó su oscuro rostro. La apretó contra la pelvis y rozó las caderas contra ella, de modo que Sophy pudo sentir la rígida longitud de su erección. El deseo se le abrió paso entre los muslos. No hubiera podido salir corriendo ni aunque hubiera querido. Hipnotizada por la oscura magia de su boca en el cuello, en los senos, se colgó de él pidiendo más.

Nunca la habían tocado de un modo tan íntimo. Connor le deslizó una mano bajo el vestido y le acarició el trasero por encima de las braguitas. Una llamarada de fuego se abrió paso a través de su piel y Sophy deseó que sus dedos inquietos fueran más allá y satisficieran su deliciosa ansia. Connor volvió a besarla abriendo la boca, seduciéndola con la boca, y cuando estaba a punto de desmayarse de placer, él se apartó para mirarla. Sus ojos oscuros echaban chispas de sensualidad, como si quisiera comprobar si estaba preparada para placeres mayores.

–Eres preciosa –le dijo jadeando con la voz cargada de pasión–. ¿Quién podría resistirse a ti?

Connor tiró de ella para adentrarla más profundamente entre las sombras y ella le siguió de buena gana, temblando de emoción.

Él la colocó sobre la arena a su lado y le deslizó los tirantes de los hombros, besándolos. Luego trazó una línea de pequeños besos por la línea del corpiño hasta llegar al escote. La sensación de sus labios y la barba incipiente sobre la piel la volvió loca. Sintió cómo la acariciaba con una mano mientras le bajaba la cremallera con la otra.

El corpiño se le bajó un tanto y Sophy sintió el aire en los senos desnudos. Se echó un poco hacia atrás y entonces suspiró.

–Dios, Sophy Woodruff, eres demasiado bella.

La acarició los senos y luego los tomó con las manos y se los llevó a la boca, saboreando los duros pezones, mordisqueándoselos. Su deseo se convirtió en una llamarada tan potente que tuvo que agarrarse a sus hombros, besarle la boca y llenarle el cuello y el pecho de besos.

–Connor –susurró ella cuando dejó de besarle para tomar algo de aire–. Házmelo todo.

Él la miró y luego se sentó.

–Toma. Túmbate en esto –se quitó la chaqueta y la extendió sobre la arena para ella. Se tumbó a su lado, apoyándose en el codo mientras se desabrochaba el cinturón.

A pesar de las sombras, Sophy vio el brillo ardiente de sus ojos oscuros, pero le dio pudor mirar más abajo de los pantalones y apartó la vista.

Con un movimiento, la sensual mano de Connor se deslizó desde la rodilla hasta debajo del vestido y se detuvo cuando conectó con las braguitas. Le recorrió la banda elástica alrededor del muslo con un dedo, deteniéndose cuando llegó a la cara interior del muslo. Sophy se quedó muy quieta, sin atreverse a moverse. Luego la acarició con los dedos a través de la tela transparente. El placer le resultó tan intenso que jadeó. Cuando su excitación alcanzó un punto casi insostenible, se inclinó para besarla desde el ombligo hacia abajo, prendiendo fuego allí donde sus labios la tocaban. Se detuvo en la parte superior de las braguitas. El delicioso suspense se volvió insostenible, y entonces de pronto tiró de ellas y se las bajó por las rodillas hasta los tobillos.

Sophy se alegraba de que Connor no viera que se había sonrojado como una adolescente. Se dio cuenta con trémula gratitud de que aquel era su momento para convertirse en una mujer de verdad.

La mirada lujuriosa de Connor se posó en sus rizos oscuros y empezó a acariciarla ahí.

Lanzándola una mirada seductora, se inclinó y le besó con suavidad los oscuros rizos. Luego le deslizó la mano entre las piernas.

Connor se detuvo un instante para buscar algo en los bolsillos traseros del pantalón, y tras una muda exclamación la miró.

—¿Tú tienes algo?

Su voz sonaba más profunda entre las sombras del acantilado. Sophy escuchó una ola romper en la arena.

—¿Qué quieres decir?

—Protección —murmuró él en voz baja, pero había un tono de urgencia en su voz—. Preservativos.

Ella abrió los ojos de par en par.

—¿Yo? No.

Transcurrieron varios instantes mientras Connor escudriñaba su rostro con mirada hambrienta. Luego se apartó de ella y se sentó.

—Ah, diablos.

Ella se apoyó en los codos y le tocó el brazo.

—¿No tienes ninguno?

—Creía que sí, pero no.

Su decepción era tan obvia que Sophy dijo:

—Lo siento, Connor, no esperaba... nunca pensé qué... nunca he tenido motivos para llevarlos.

Él sacudió la cabeza.

—Menuda feminista —entonces la miró largamente y sonrió alzando las cejas—. Aunque hay otras maneras, por supuesto.

—¿Qué quieres decir?

Sophy se sonrojó al darse cuenta de lo ingenua

que sonaba aquella pregunta. Se corrigió al instante.

–Bueno, claro que hay otras maneras.

Los ojos de Connor brillaron y los entornó para mirarla. Frunció ligeramente el ceño.

–¿Qué has querido decir con que nunca has tenido motivos para llevarlos?

Sophy supuso que tendría que admitirlo tarde o temprano. Se sentó, se bajó el vestido y sostuvo el corpiño con un brazo para taparse los senos.

–Bueno, la verdad es que no me he acostado todavía con nadie.

Connor se la quedó mirando fijamente y parpadeó.

–¿Qué? –se quedó muy quieto. Durante un instante pareció que estuviera hecho de piedra. Luego dejó escapar un gruñido–. Dios mío. Dime que no estás diciendo que eres virgen.

Sophy siempre había sabido que en algún momento tendría que admitirlo, y que le resultaría embarazoso. Vergonzoso, incluso. Seguramente era la virgen de mayor edad de Sídney, tal vez de toda Australia. Pero como era muy optimista, siempre confió en que el hombre, fuera quien fuera, lo aceptaría. Al mirar ahora a Connor, no le pareció que lo aceptara. El corazón le latió con fuerza.

–No supone ninguna diferencia, ¿no? O sea, como tú has dicho antes, todavía podemos… podemos hacer el amor. Yo haré lo que haga falta para…

Connor escuchó el temblor de su voz. Vio su

boca hinchada por sus besos, su mirada llena de pasión, y ardió de deseo por tenerla.

Hizo un esfuerzo por apartarse de ella y se puso de pie. La desilusión le carcomía el alma.

–Connor…

Percibió vergüenza en su tono de voz y sintió una punzada en el estómago.

–No me hables. No me mires –murmuró entre dientes–. Apártate de mí. Vete.

¿Cómo se había permitido a sí mismo sucumbir? Una vez que la poseyera no habría podido mantenerla alejada. Sophy querría más. Él querría más. Unas visiones imposibles le cruzaron por la mente: verla todos los días en el Alexandra, recogerla en su casa, llevarla a la suya…

Familiaridad, intimidad, compromiso.

Y las cosas que Sophy había dicho. Hacer el amor, como si fueran una pareja. Qué demonios, esperaba de él, que fuera su novio…

Mientras se abrochaba la camisa y se ponía la ropa sobre la dolorosa erección, hizo un esfuerzo por concentrarse en asuntos no sexuales. En algas, rocas y la creciente marea. En sus normas y su firme compromiso. En la responsabilidad.

Recogió la chaqueta y la sacudió. La inocencia de Sophy era algo obvio desde el principio. Todo era culpa de Connor. La había seducido hasta llegar a aquel punto y ahora ella tenía esperanzas. «Todavía podemos hacer el amor» resonaba en su mente como un reproche. Nunca tendría que haberse dejado llevar por la tentación.

Cuando se sintió lo suficientemente a salvo se giró para ver dónde estaba ella. Había recorrido un largo camino avanzando por la playa hacia los escalones con los zapatos en la mano. Tenía la cabeza alta, pero su cuello parecía tan delicado bajo la luz de la luna que sintió un tirón en el pecho.

La alcanzó antes de que llegara a las escalones del hotel.

—Te llevaré a casa.

—Tomaré un taxi.

—No, te llevo a casa —afirmó Connor con frialdad, consciente de que se estaba comportando como un bruto. Pero tenía que hacerlo—. No encontrarás un taxi a estas horas.

Ignorando su negativa, la guio con brusquedad al aparcamiento del hotel. Le pidió su dirección, aunque, por supuesto, él ya la conocía.

Hicieron el trayecto hasta Neutral Bay en incómodo silencio.

—Gracias —dijo Sophy cuando llegaron.

—No me des las gracias. Te acompaño a la puerta de casa.

La siguió por el camino de madreselvas hasta un lado de la casa en el que brillaba la luz en un porche.

—Ay, Sophy —la culpa se apoderó por completo de él—. Mira, eres una mujer muy hermosa. No tendría que haber permitido que tus encantos ahogaran mi buen juicio esta noche. No quiero ningún tipo de compromiso. No soy el hombre adecuado para ti. No es nada personal.

–Vaya, y yo que creía que eras el hombre de mis sueños. Qué bajón.

Aquel sarcasmo le aceleró ligeramente la tensión. Se alegró de que estuviera lo suficientemente oscuro para que no pudiera ver su repentino sonrojo. Resistió la tentación de apartar la vista y afirmó:

–No soy el hombre de los sueños de nadie.

Sophy guardó silencio. Sus ojos tenían una luz que le resultó incómoda, como si pudiera ver a través de él.

–Mira, vamos a olvidarnos de esta noche –sugirió Connor–. Vamos a quitárnosla de la cabeza. No ha pasado nada. No hay ningún daño irreparable, ¿de acuerdo?

Con suavidad pero al mismo tiempo con firmeza, Sophy le cerró la puerta en las narices.

Capítulo Cinco

Le vio a la mañana siguiente, demasiado pronto para sus heridos sentimientos. Estaba en lo alto de las escaleras, indicando a unos padres que eran cliente suyos cómo llegar al café. El estómago se le puso del revés. Connor O'Brien, vestido con un elegante traje gris y con el maletín en la mano, se dirigía por la galería hacia su despacho. En aquel mismo instante, él también la vio. Perdió un poco el paso, pero luego continuó con sus zancadas largas, con la naturalidad de siempre.

La saludó con fría distancia mientras abría la puerta de su despacho. Sophy hizo un esfuerzo por responder con su propia versión de frialdad.

Tardó muchísimo en recuperar el pulso. Se retiró a su despacho y trató inútilmente de concentrarse en el informe que tenía que escribir sobre el niño que acababa de ver. Pero le resultaba difícil porque se sentía muy triste y dolida.

Desgraciadamente, no podía pensar más que en Connor. Suponía que eso era algo típico en alguien tan ingenuo e infantil como se había mostrado ella en la playa. Por mucho que deseara borrar aquellos dolorosos acontecimientos de su mente, no podía arrancarse a Connor de los sentidos. Todo lo que le había dicho, cada beso y cada caricia, estaban grabados a fuego en ella.

No entendía por qué tenía aquella sensación de fracaso. Seguro que no era la única mujer de Australia que iba a la playa a media noche con un hombre sexy y regresaba virgen a casa. Había sido una lástima lo de los preservativos, pero no hacía falta que la cosa terminara allí. Ella habría hecho todo lo que Connor hubiera querido si le hubiera explicado un poco lo que debía hacer.

Pero… oh, Dios. Sophy se cubrió la cara con las manos. Si no le hubiera dicho aquello…

Se estremeció al recordar lo petrificado que se había quedado. ¿Y por qué se había comportado ella así, como una criatura obsesionada y salvaje? Sintió una punzada de mortificación y tuvo que ponerse de pie y recorrer arriba y abajo el despacho para librarse de la agonía que sentía.

¿Por qué le habría dicho todas aquellas cosas al final sobre el compromiso? No le había pedido que se casara con ella, ¿verdad?

Siempre había creído que los hombres se dejaban llevar por sus instintos, que pocos rechazarían sexo cuando se les ofrecía.

Pero la noche anterior…

¿Sería posible que en el momento crítico, a la hora de la verdad, Connor no la hubiera encontrado sexy?

La idea le cayó como un jarro de agua fría. Si pudiera hablar con alguien del tema… pero no, aunque Zoe y Leah no estuvieran de vacaciones, tampoco admitiría ante ellas su fracaso. No podría contárselo nunca a nadie.

Elliott Fraser telefoneó aquella mañana disculpándose por haberse marchado de manera tan precipitada. Le contó que la cuidadora de su hijo había tenido que marcharse por una emergencia familiar y que no había nadie en casa para cuidar de él. Sophy se ablandó un poco. Al menos había antepuesto la seguridad de Matthew a cualquier otra cosa.

Lo que dijo a continuación podría haberle despertado el optimismo, pero fue capaz de leer entre líneas. Elliott todavía sentía la necesidad de hablar de su «situación», y se preguntaba si estaría dispuesta a ir a verle a su casa.

Le explicó que, ya que no sabía si podría contar con cuidadora y ante la urgencia de solucionar aquel «problema», su casa le parecía el lugar más razonable.

Por una vez, y seguramente por el peso que sentía en el corazón, le costó trabajo mantener el ánimo durante la conversación. El lenguaje que Elliott estaba utilizando señalaba claramente su intención de librarse de ella como si fuera una molestia. Quedaron en que cenarían. Elliott volvería a llamarla para ver qué noche podían los dos.

Después de comer, Sophy regó los geranios. Entonces fue cuando cayó en la cuenta de otra cosa: la carta.

Con todo lo que había pasado con Connor, se había olvidado de ella. Pensó en confesárselo a

Elliott, pero tras el tono hostil de la última noche, no le parecía buena idea. Seguro que la carta estaba todavía en algún lugar del despacho de Connor, donde debió perderla el día que Millie se cambió de sitio. ¿Cuánto tiempo tardaría él en encontrarla? Y conocía al padre de Elliott. Si la leía... estuvo a punto de desmayarse al pensar en las implicaciones. Connor se lo contaría al anciano. Le diría que su hijo tenía una hija.

Elliott nunca le perdonaría que su padre se enterara por un viejo amigo de la familia.

Sophy rompió a sudar. Durante un instante, consideró la posibilidad de pedirle a Connor que buscara la carta por ella. Gracias a Dios, el impulso le impidió sucumbir. Se dio cuenta de pronto de que no podría volver a hablar nunca con él.

Así que tendría que encontrar la manera de recuperarla ella misma.

–¿Y cómo es ella?

El zoo de Taronga, con tantos árboles y caminos sombreados, era como un oasis en medio del calor. El aire se había vuelto más húmedo, y en el horizonte se cernían algunas nubes oscuras, como si el esperado cambio de tiempo estuviera por fin en camino.

Connor se detuvo con sir Frank para observar los gráciles movimientos de la jirafa.

–Habría traído a Matthew, pero mañana tiene clase. Este es uno de nuestros sitios favoritos –el anciano volvió a ponerse en marcha apoyándose en el bastón y se giró hacia Connor–. ¿Cómo me has dicho que es ella?

«Virgen», fue la primera respuesta que le vino a Connor a la cabeza. Pero se giró hacia el otro hombre y le dijo:

–Delgada. Un metro setenta. Pelo oscuro.

Trató de luchar contra ellos, pero sus pensamientos insistían en volver a aquella dulce trampa. La piel traslúcida, más suave que la de un melocotón. Senos firmes, perfectos para el tamaño de la mano de un hombre. Apretó los puños.

–¿Es guapa? ¿Más todavía que Marla?

Connor hizo un esfuerzo para no reaccionar.

–Atractiva, supongo.

Sir Frank le miró de reojo.

–¿Y bien? ¿Qué has averiguado?

–Nació en Brisbane. La familia se trasladó a Sídney cuando ella tenía nueve años –consciente de la perspicacia del hombre, trató de no mostrar expresividad en el tono de voz–. Se crió en Neutral Bay y sigue viviendo en la misma casa. Fue a colegios públicos y a la Universidad de Sídney. Sus padres son gente modesta, Bea y Henry Woodruff. Actualmente viven fuera del país. Comparte casa con dos amigas, las dos enfermeras. Las he investigado y están limpias de todo.

Sir Frank asintió con la cabeza, aceptando la palabra de Connor.

–De acuerdo, de acuerdo. Entiendo. ¿Y bien?

¿Y bien qué? ¿Si era amante de Elliott Fraser?

No, a menos que fuera una actriz digna de un Oscar.

–No tienen una aventura –afirmó con sequedad, deseando acabar con aquello.

–¿Qué? –el anciano se detuvo, claramente sorprendido–. ¿Estás seguro?

Connor le miró directamente.

–Todo lo seguro que se puede estar.

Tal vez había sonado un poco tenso, pero hacía mucho calor. Sintió el deseo de cortar con todo aquello.

Sir Frank frunció el ceño y sacudió la cabeza.

–Entonces, ¿de qué se trata? Si no es una aventura… ¿seguro que no se trata de una agente? ¿Has registrado su casa?

Connor apretó los puños en los bolsillos.

–Es foniatra en una clínica infantil. Tiene una especie de compromiso de no hablar de su conexión con Elliott. Sea lo que sea, es él quien tiene la sartén por el mango. Mi opinión es que tiene algo que ver con el niño –se detuvo bajo la sombra de un árbol que daba a la jaula del tejón australiano y sacó las llaves del despacho–. Tenga, sir Frank –se las tendió–. Este no es mi campo. Contrate a un detective privado. Algún tipo al que no le importe asomarse a las ventanas y tomar fotos.

El anciano le miró fijamente un instante y luego rechazó las llaves.

–¿Qué estás diciendo? ¿Que puedes enfrentarte a terroristas y asesinos pero no tienes estómago para lidiar con una chica?

–Una mujer –le corrigió Connor con sequedad–. Es una mujer.

Sir Frank le miró con aquella mirada penetrante y curiosa suya por la que era conocido.

–¿Ah, sí? De acuerdo entonces. Hazlo de la manera que quieras. Convéncela con palabras. Pínchale el teléfono. Llévatela a la cama. Estás muy nervioso, amigo, un poco de compañía femenina podría ser justo lo que necesitas.

Connor sintió un nudo en el estómago. Le repugnaba la idea de espiarla como si fuera una delincuente peligrosa.

Contuvo una punzada de vergüenza ante su brutal comportamiento en la playa. Se suponía que la primera experiencia de una mujer en el amor debía ser algo inolvidable. Las vírgenes necesitaban ternura. Sophy Woodruff necesitaba un amante que pudiera tomarla de la mano y enseñarle dulcemente cómo disfrutar de su cuerpo. Cómo arrancar hasta la última gota de placer de aquellas curvas lujuriosas. Alguien que se tomara el tiempo para excitarla adecuadamente y llevarla hasta lo más alto.

Connor apretó los puños. Lo único honorable que podía hacer ahora, pensó, era dejar la ciudad. Apartarse de la escena, dejar que Sophy continuara con su vida mientras él volvía a la suya.

Abrió la boca para informarle a sir Frank que lo dejaba, pero el octogenario debió leerle la mente.

–Supongo que si tú te retiras podría contratar a un detective privado.

–No –Connor reaccionó de un modo visceral, pero no pudo controlarlo.

La idea de que otro tipo la siguiera, invadiera su dormitorio, revolviera entre sus cosas, le resultaba intolerable.

Sin duda, mejor él que algún aficionado.

Al ver que sir Frank parecía sorprendido, hizo un esfuerzo por recuperar la frialdad.

–No querrá que algún desconocido ande detrás de Elliott, ¿verdad? ¿Quién sabe lo que podría encontrar?

–Eso es cierto –respondió el anciano asintiendo–. Es mejor que seas tú. Y mira, hijo, escoge el método que quieras. Sé que conseguirás resultados –arrugó la frente–. Por muy inocente que esto parezca a primera vista, tengo la sensación de que hay mucho más por debajo.

El chófer de sir Frank apareció a lo lejos y avanzó hacia ellos para recoger al anciano y llevárselo a comer. Connor esperó a verlos desaparecer y luego se dirigió colina abajo hacia el ferry, sumido en sus pensamientos.

En lugar de dejar aquel encargo, como había sido su intención, ahora se veía más atrapado en él. Tendría que asegurarse de no volver a quedarse a solas con ella. La tentación era demasiado grande.

Tal vez ella le apartara la cara cuando pasara a su lado en la galería, pero Connor recordaba con demasiada claridad el fuego que había bajo aquel hielo.

Se encogió de hombros. Quizá las vírgenes pensaran que podían aplacar las llamas del deseo de un hombre siendo frías con él. Eso solo demostraba lo mucho que tenían que aprender del mundo animal de los machos.

Retuvo el aire en los pulmones mientras pensaba en lo fácil que sería reactivar aquella llama. Pero no lo haría. Solo necesitaba un poco de autodisciplina.

El viernes amaneció húmedo y pesado. La niebla había aparecido por la noche. En el ferry que cruzaba el muelle, Sophy sintió como si la humedad le hubiera traspasado el alma. Cuando las nubes finalmente se disiparon, dejaron tras de sí un calor salado y fuerte.

Incluso en el Alexandra hacía demasiado calor. Sophy sintió el ordenador ardiendo cuando lo encendió, como si ya llevara encendido mucho tiempo antes de que ella llegara al trabajo. Se preguntó si Cindy o alguno de los médicos habría estado allí, buscando sus informes. Pero enseguida rechazó la idea. Nunca habían hecho algo así.

A media mañana consideró la posibilidad de no bajar al café a tomar algo, pero no quiso perder la oportunidad de pasar por delante del despacho de Connor O'Brien y averiguar si estaba allí. Tal vez se cruzara con él. Ojalá pudiera quitárselo de la cabeza y seguir adelante con su despreocupada vida anterior, pero no era capaz. Se estaba volviendo loca.

Necesitaba un plan. Una manera de demostrarle que no se sentía humillada por lo sucedido en la playa. Algo así como una demostración de que confiaba en su atractivo sexual. Empezaría con la ropa. Quería proyectar sensualidad sin dejar de parecer seria y profesional: ropa ajustada, colores brillantes y telas sinuosas; envolvería su cuerpo de elegancia y al mismo tiempo supondrían una llamada sutil al macho. Tacones altos, lápiz de labios, perfume, y por encima de todo, una actitud fría y pausada.

Fue introduciendo poco a poco los nuevos elementos en su vestuario del día a día para no despertar las sospechas de nadie. Pero sus esfuerzos resultaron en vano. Por muy sensual y distante que pareciera contoneándose por la galería, Connor estaba casi todo el tiempo fuera del despacho, así que no la veía. Solo aparecía a última hora de la tarde, cuando todos se estaban yendo.

Lo cierto era que la estaba evitando.

Tenía que vencer aquella sensación y mantener el control de su vida. Tenía pacientes que dependían de ella, amigas, y ahora que había empezado el proceso de Elliott Fraser no quería dar marcha atrás. Por muy difícil que fuera, apretaría los dientes y seguiría adelante.

Su decisión de ir aquella mañana a por un café valió la pena por un lado, pero por otro la dejó hecha añicos. Cuando entró en la galería, Connor estaba fuera de su despacho hablando con Cindy. Llevaba el maletín en la mano y estaba guapísimo con su traje gris. A pesar de todo, habría sido una alegría verle si no hubiera estado sonriendo y escuchando con suma atención lo que la recepcionista le decía. Supuso que no podía culparle. Cindy era guapa y alegre.

Cuando Sophy se acercó a ellos, Cindy dejó de hablar. Le dio la impresión de que estaban hablando de ella. Cuando Connor alzó la vista y la vio, se le borró la sonrisa y sus ojos negros se volvieron más oscuros e impenetrables. Había algo primitivo y hambriento en aquella mirada, y su cuerpo experimentó una salvaje corriente de deseo. Pero por una vez consiguió ignorar el delirante discurrir de su sangre y compuso una sonrisa fría. Se alegró de llevar tacones altos y un vestido de seda cereza con aberturas a los lados que permitía ver un atisbo de pierna.

No tuvo que darse la vuelta para saber que Connor la seguía con la mirada.

Después, para borrar la imagen de Sophy con aquel vestido rojo, Connor se refugió en el despacho y puso al día sus notas sobre el caso del pueblo de los Djara contra Nueva Gales del Sur. La reclamación llevaba años en los tribunales. Se dio cuenta al instante de que los Djara necesitaban una representación más fuerte si querían ganar en el Tribunal Supremo. Nunca podrían pagar a alguien como él, así que tendría que trabajar sin cobrar. Pero sería fantástico ayudarles a reclamar sus tierras. En su momento se había sentido inclinado a dedicar sus esfuerzos a aquella causa, antes de que el Ministerio de Asuntos Exteriores le reclutara. Luego un avión cayó sobre Siria y su mundo se convirtió en una ruina.

Siguiendo un impulso extraño, sacó la cartera, la abrió y extrajo la foto tomada en París seis años atrás. En cierto modo la foto había captado el brillo dorado de sus rubias cabezas, envolviéndolos en un halo glorioso, aunque el efecto no era ahora tan poderoso como lo fue en el pasado. Connor torció el gesto. Durante mucho tiempo había sido incapaz de mirarla.

Frunció el ceño ante los rostros conocidos que tenía delante. Resultaba extraño cómo incluso los rostros más queridos podían difuminarse en el recuerdo.

Dejó la foto sobre el escritorio y regresó a los Djara. Su caso era apremiante. Si no hubiera decidido complicar su trabajo para la embajada con el reto de las operaciones secretas... Pero ya estaba hecho. Había aceptado la proposición de la Agencia de Inteligencia y se había desviado de su camino profesional para tomar un sendero que le llevó a situaciones extrañas y angustiosas.

Y sin embargo, nada le parecía tan absurdo como las noches que había pasado aparcado en el coche en una calle de Neutral Bay mientras Sophy Woodruff dormía, imaginando sus curvas lujuriosas.

Si fuera libre para hacer lo que quisiera, si no

fuera virgen... pero ahí se acababa la cuestión. Si fuera una mujer experimentada que entendiera que un beso y un par de noches no significaban nada, podría considerar reabrir las negociaciones.

Pero estaba claro que Sophy era una romántica, con sus paseos por la playa a la luz de la luna. Gracias a Dios, ella estaba manteniendo las distancias. Connor no necesitaba cargar con más gente en la conciencia. Solo lamentaba haberla visto con aquel vestido rojo.

Al otro lado de la pared, Sophy se centró en el trabajo. Había decidido saltarse la comida en los jardines. El problema era que no podía quitarse de la cabeza el encuentro matinal. Además, hacía demasiado calor para comer. Si no hubiera sido por los maravillosos momentos con los niños, no creía que hubiera sobrevivido a aquel día.

Por la tarde empezaron a formarse unas nubes en el horizonte y hubo algún trueno ocasional. Por primera vez desde hacía días, la brisa le acarició las mejillas.

Durante toda la tarde, la imagen de la perturbadora mirada de Connor O'Brien le torturó la mente. La distracción ralentizó el ritmo de su trabajo, así que, para cuando los demás estaban recogiendo sus cosas para marcharse, ella todavía tenía informes que terminar.

¿Cuánto tiempo duraría aquella locura? Estaba afectando toda su vida. Apenas había dormido en una semana. En dos ocasiones, sus compañeras del equipo de voleibol le habían pasado la bola y ni siquiera la había visto venir. Si Connor hablara al menos con ella la tensión no sería tan intolerable. Tenía que haber una manera de que pudiera hablarse.

Y luego, por supuesto, estaba la carta. Si no podía hablar con él, ¿cómo iba a recuperarla? Era una bomba de tiempo. Elliott podría llamar en cualquier momento. ¿Y si escogía el fin de semana para invitarla a su casa?

La posibilidad de enfrentarse directamente a él, algo que al principio le parecía inconcebible, había empezado a tomar fuerza. ¿Y si se acercaba al despacho de Connor, llamaba a la puerta y le preguntaba directamente si podía buscar la carta? ¿Cómo iba a negarse?

Si dejaba absolutamente claro que ya no se sentía atraída por él, si pudiera corregir la impresión tan humillante que había dejado en él…

El impulso fue creciendo en su subconsciente. Se levantó, sacó un peine del bolso, se peinó, se pintó los labios y luego comprobó su aspecto en el espejo. Se apretó el lazo de la nuca. Aspiró con fuerza el aire y se dirigió como una autómata hacia la vacía galería. Justo antes de llegar a la puerta de Connor aminoró el paso como una cobarde, pero hizo un esfuerzo por seguir.

En la puerta de su despacho, con el corazón latiéndole a toda prisa, reunió todo el valor que pudo, llamó con los nudillos y esperó con todos los músculos en tensión. Estaba pensando en volver rápidamente a su despacho y fingir que nunca había salido de allí cuando la puerta se abrió.

Los oscuros ojos de Connor se clavaron en los suyos y luego se deslizaron por su cuerpo con sensual intensidad. Pero a pesar de que su magnetismo animal la hipnotizaba, Connor tenía el ceño fruncido. Dio un paso atrás.

–Hola, Sophy.

Ella apartó la mirada y se las arregló para hablar a pesar de tener la garganta seca.

–Lamento molestarte, pero necesito recuperar esa carta. Confiaba en que me dejaras entrar un instante a buscarla.

Connor continuó bloqueando la puerta un instante, lo suficiente para que a Sophy se le cayera el alma a los pies al sentir su renuencia, y luego la abrió de par en par.

–Claro.

Connor se metió las manos en los bolsillos como si quisiera evitar tocarla, y ella pasó por delante de él con cuidado de no rozarle y cruzó la recepción para entrar en su despacho. El corazón le latía con tanta fuera que escuchaba su latido en los oídos. Dejó escapar un profundo suspiro y trató de llenar el espacio con palabras.

–Sé que la he perdido aquí. Creo que podría estar detrás de algo.

Sophy sentía el alto voltaje de su atención en ella, pero mantuvo el rostro apartado y continuó hablando.

–Ayudé a Millie a recoger sus cosas el día antes de que tú te mudaras aquí. Supongo que se me debió caer del bolso. Tengo el presentimiento de que puede haberse quedado atrapada detrás de un mueble –aseguró mirando alrededor.

–Así que tienes un presentimiento –Connor apoyó los anchos hombros en la pared–. Bueno, en ese caso seguro que tiene que estar aquí. ¿Por dónde quieres empezar?

Sus palabras acarameladas no podían enmascarar su resistencia de acero hacia ella. Sophy era consciente de que estaba invadiendo su territorio, de que él tenía el control. Connor se cruzó de brazos.

–Bueno, supongo que por el archivador.

Connor se apartó con extrema educación y ella se acercó al archivador, inclinándose para mirar detrás de él. Pero no vio nada. Se incorporó sacudiéndose el vestido y trató sin éxito de apartar el mueble de la pared.

–¿Qué diablos guardas ahí dentro? –preguntó resoplando.

–Archivos –respondió él con calma–. Será mejor que me dejes a mí si no quieres estropearte ese vestido.

Sophy se echo a un lado y Connor tiró del archivador con aparente facilidad. Pero cuando ella miró detrás no vio nada más que una estela de polvo. Connor empujó para ponerlo en su sitio.

–No ha habido suerte. ¿Y ahora qué?

Sophy pensó que no creía en su presentimiento

respecto a la carta y se estaba burlando de ella. Sintió el impulso de demostrarle que estaba en lo cierto. Cualquier cosa con tal de demostrarle que no había ido a visitarle porque no podía estar lejos de él.

Se apartó para mirar detrás de cada uno de los muebles que había en el despacho, consciente de que él la seguía con la mirada. Tras unos segundos, Connor le preguntó con tono algo vacilante:

–Y… ¿qué tal te va? ¿Cómo estás?

–Bien, gracias.

–Tienes buen aspecto.

Sophy no contestó.

–Ese vestido te queda muy bien.

Ella bajó la mirada para ocultar la fuerza con la que le latía el corazón.

–Gracias –murmuró mirando detrás de una enorme librería. Había un espacio de unos centímetros entre el mueble y la pared. Apretó la mejilla contra la pared y le pareció ver algo en el suelo.

–Ahí hay algo –subió un poco el tono por la emoción. Trató de mover ella sola la pesada librería, pero no se movió ni un milímetro.

Connor se apresuró a apartarla de allí y apoyó el hombro contra el mueble, utilizando sus poderosas piernas para separarlo de la pared. En el espacio que quedó entonces a la luz, Sophy vio un sobre con una esquina doblada y soltó un grito de triunfo.

–¡Ahí está!

Sophy se incorporó y le dio vueltas sin terminar

de creérselo. Ahí estaba su nombre: Violet Woodruff.

–Te lo dije, yo tenía razón. Qué alivio. Aquí está.

Connor volvió a poner la librería en su sitio y se giró para mirarla con expresión enigmática.

–Mira, siento haberte acusado de tenerlo tú –se sonrojó un poco–. Ahora sé que tú nunca harías una cosa así.

Connor entornó la mirada. La brisa revolvió los papeles del escritorio y Sophy se apresuró a volverlos a poner en una pila sobre la que colocó una taza para sujetarlos. Sus ojos se posaron en una pequeña fotografía tapada en parte por una agenda.

Connor debió verla al mismo tiempo, porque se movió rápidamente para agarrarla y guardársela en el bolsillo de la camisa. Sus miradas se cruzaron y él vaciló un instante, como si fuera a decir algo al respecto. Pero luego se dio la vuelta y salió a la zona de recepción, murmurando algo sobre que tenía que hablar con la encargada del servicio de limpieza.

Sophy se había quedado sin respiración. Solo había visto la foto de reojo, pero le bastaba para saber lo que significaba.

Estaba casado. Casado y con un hijo.

¿Cómo no lo había imaginado? Era imposible que un hombre como él no estuviera pillado. Recordó cada encuentro que había tenido con él desde que se conocieron en la sala de lactancia. No llevaba anillo, ¿y no le había dicho a Cindy que estaba soltero? Así que tal vez estuviera divorciado. Aunque, ¿qué hombre tenía una foto de su exmujer tan a mano?

Un hombre que fuera un tramposo. Un infiel, un canalla que se acostaba con otras mujeres además de con su esposa. Tal vez aquello explicara la sensación que tenía con frecuencia de que le ocultaba algo.

Se acercó a la ventana y dejó la carta en el alféizar mientras se inclinaba hacia la bisagra. En aquel mismo instante, una ráfaga de aire levantó la carta del alféizar.

Gracias a Dios, aterrizó en la parte exterior. Sophy se asomó a horcajadas para recoger la carta. Pero en el momento en que sus dedos la tocaron, otra ráfaga de aire la elevó y la deslizó a lo largo de la cornisa, un poco más allá de la ventana batiente. Sin pensar en lo que hacía, Sophy sacó todo el cuerpo al exterior y, sujetándose a la pared de piedra, pisó la carta con el zapato. Estaba a punto de inclinarse para recogerla cuando cometió el terrible error de mirar abajo, hacia la calle.

La cabeza le dio vueltas del vértigo y el estómago se le puso del revés. Sin tener el alféizar para apoyarse, la piedra le resultaba aterradoramente tenue. Y la ventana parecía estar a varios kilómetros de allí. El terror se apoderó de ella.

—Oh, Dios mío.

La angustiada exclamación de Connor pareció llegarle desde muy lejos. No se atrevió a girarse para mirarlo por temor a perder el equilibrio y caer.

Transcurridos unos segundos, Connor volvió a hablar con ella. Esta vez parecía muy calmado.

–Sophy, ¿estás bien? ¿Me oyes?

Ella se dio cuenta de que estaba tratando de no asustarla. Pero tenía tanto miedo que no se atrevió a responder por temor a caerse.

Connor debió entenderlo, porque dijo:

–Quédate ahí. Voy a salir por la otra ventana. Tú no te muevas y no mires abajo.

A pesar del miedo que tenía, Sophy sintió una punzada de optimismo. Si Connor creía que podía rescatarla, entonces tal vez hubiera alguna posibilidad de sobrevivir.

Tras lo que le pareció una eternidad, escuchó cómo se abría la ventana de su propio despacho. Vio a Connor asomarse y quitar unos geranios del alféizar. Luego comprobó la solidez del alféizar, puso un pie en él de modo que tuvo medio cuerpo dentro y medio cuerpo fuera y le tendió la mano. Solo tenía que moverse un poco para llegar a él, pero sentía las piernas paralizadas por el terror.

–Vamos –la urgió Connor con voz segura y persuasiva, como si entendiera su miedo–. Solo tienes que dar un paso. Puedes hacerlo.

Su mirada era tan cálida que los pies de Sophy recuperaron algo de vida y recorrieron un centímetro, deteniéndose bruscamente al sentir una oleada de brisa.

Para su alivio, Connor se reposicionó y consiguió estirarse lo suficiente como para agarrarla. Su mano fuerte y cálida se cerró sobre su brazo.

–Ya está, ya te tengo. No te preocupes por el viento. No te dejaré caer. Confía en mí. Vamos, cariño, vamos.

Sophy avanzó otro centímetro más hacia él.

–Vamos. Solo un paso más.

Sophy se puso un poco de lado. Cuando estuvo lo suficientemente cerca, Connor se arrodilló en el escritorio, que había apoyado previamente contra la ventana, y le agarró la cintura con manos firmes y seguras.

–Te tengo –cuando la ayudó a subir, a Sophy se le cayó un zapato.

–Mi zapato –gritó girándose para ver dónde había caído.

Connor no perdió ni un instante consolándola.

–Olvídate del zapato –le pidió con sequedad, atrayéndola contra su cuerpo.

Sophy se sintió segura entre sus brazos y al mismo tiempo experimentó una descarga eléctrica.

–Siento ser una molestia –le susurró en el cuello–. Gracias por salvarme la vida.

Connor la sostuvo con fuerza contra su pecho durante un minuto más y luego la soltó como si fuera un explosivo. Sophy sentía las piernas de goma y tuvo que agarrarse al escritorio.

–Mírate –sacudió la cabeza con incredulidad–. Qué desastre. ¿Qué diablos pensabas?

Ella se agarró al escritorio y deseó que Connor dejara de gritar.

–Era demasiado estrecho –se explicó–. Todo iba bien hasta que me aparté de la ventana.

A Connor le brillaron los ojos.

–Me resulta difícil creer que una persona inteligente sea capaz de hacer algo tan estúpido. Mírate las manos –se las tomó.

Sophy bajó la vista y se dio cuenta de que tenía los dedos desollados de agarrarse a la piedra. Connor le soltó las manos disgustado y empezó a recorrer arriba y abajo el despacho agitando los brazos mientras bramaba:

–No me lo puedo creer, de verdad. ¿Qué se te ha pasado por la cabeza? Esa cornisa era cualquier cosa menos segura –se detuvo para tomar aliento–. Un instante atrás estabas dentro a salvo y un segundo después… –sacudió otra vez la cabeza.

–Ha sido el viento. La carta salió volando y estaba tratando de recuperarla.

Connor la miró con incredulidad.

–Estamos en un piso tercero. ¿Tan importante es ese trozo de papel como para que pongas tu vida en peligro?

–No creía que fuera tan peligroso, ya te lo he dicho –¿de verdad tenía que explicarse? Empezó a sentir náuseas y le puso la mano en el brazo–. Creo que tengo que sentarme –reculó hasta una silla y se sentó. Todo le daba vueltas.

–Sophy –el rostro de Connor se materializó y vio que estaba de rodillas delante de la silla con expresión preocupada–. ¿Estás bien?

Me vendría bien algo de beber –murmuró.

Connor se puso de pie de un salto y fue a buscar un vaso de agua. La miró mientras bebía.

–Gracias –Sophy le devolvió el vaso e hizo amago de levantarse.

Él le puso la mano en el hombro.

–Quédate ahí –le pidió–. Lo siento. No tendría que haber sido tan brusco. Estabas en estado de shock. Pensé que ibas a caerte.

Sophy se dio cuenta de que él también estaba en estado de shock.

–Lo que necesitas es un brandy –Connor le puso la mano en el brazo–. Estás helada.

El cuerpo de Sophy reaccionó a su contacto y apartó el brazo.

–Ahora estoy bien –se puso de pie y todo empezó a darle vueltas–. Estoy perfectamente.

–Me resulta difícil creerlo –Connor la sentó en una butaca, se quitó la chaqueta y se la puso a ella por los hombros–. ¿Hay alguna sala de personal ahí?

Sophy le indicó el camino y Connor se marchó. Regresó a los pocos minutos con un té caliente.

Ella lo tomó con dedos temblorosos y Connor murmuró sacudiendo la cabeza:

–¿Dónde están los médicos cuando uno los necesita?

–¿Quién necesita a un médico? Solo tengo que descansar un poco. Hoy me he saltado el almuerzo, eso es todo. Lo único que necesito es un buen baño caliente y una tostada.

Suponía que estaba débil, pero los ojos oscuros y aterciopelados de Connor la miraban con tanto cariño y preocupación que en aquel instante le perdonó todo. Bueno, casi todo. Si estaba casado no podría perdonárselo.

Se tomó el té sin rechistar. Lo cierto era que le encantaba que la mimara. Tal vez tendría que haber pensado antes en la posibilidad de ponerse a bailar en la cornisa. Pero el mero hecho de recordarlo fue un error, porque todo empezó a darle vueltas otra vez.

Connor, que no le quitaba ojo de encima, se dio cuenta al instante de que cambiaba de color. La experiencia le decía que el brillo de sus ojos no duraría mucho, y que enseguida necesitaría dormir. Pero había algo que le inquietaba.

—La gente que no esté al tanto de tu obsesión por esa carta podría preguntarse si no tendrías pensado saltar —dijo con naturalidad.

—¿Qué gente? —Sophy puso los ojos en blanco—. ¿Los idiotas? Si hubiera querido saltar, ¿no crees que habría escogido un lugar más alto?

Connor se sintió lo suficientemente tranquilo como para volver a su despacho a cerrar. Pero Sophy seguía estando muy pálida y tenía ojeras púrpuras. Tal vez no tuviera pensado saltar, pero necesitaba que la vieran. Recordó con cierto alivio que sus compañeras de piso eran enfermeras. Excelente. En casa estaría a salvo. La dejaría en la puerta de su casa y se marcharía tranquilo. Aunque…

No era asunto suyo. Pero sabía cómo era el momento de después de las crisis. Conocía el horror de las horas posteriores a una experiencia cercana a la muerte. Connor torció el gesto y un pensamiento oscuro le cruzó por la mente.

¿Quién la abrazaría por la noche?

Apartó de sí aquel pensamiento. Cerró la puerta del despacho y regresó a la clínica. Cuando la vio intentando levantar la maceta con el geranio de la mesa, frunció el ceño.

—Eh, dame eso —gruñó quitándole la maceta y dejándola otra vez en la mesa. Se giró para mirarla. Parecía muy frágil, el agotamiento era claro—. Es hora de que te lleve a casa.

Al ver su mirada, Sophy recordó que debía tener un aspecto terrible. Tenía el pelo revuelto, no podía dejar de temblar y le dolían las manos. Estaba deseando escapar de su vista y limpiarse. Se puso el bolso al hombro y le devolvió la chaqueta.

—Gracias por tu ayuda —murmuró tratando de evitar que le castañetearan los dientes—. Ahora será mejor que me dé prisa si quiero estar en el ferry antes de que se desate la tormenta.

Sophy se sentía sin fuerzas, pero todavía tenía algo de orgullo. Connor había sido de mucha ayuda, de demasiada ayuda para ser un hombre que había dejado clara su postura respecto a las relaciones. Lo siguiente sería que la rechazara como había hecho en la playa. Con toda la dignidad que podía reunir una mujer sin un zapato, afirmó:

—Estaré bien en el ferry. Solo necesito un largo baño caliente con aceites esenciales.

Connor pareció vacilar durante una décima de segundo, pero luego sacudió la cabeza y empezó a objetar. Pero la protesta llegó demasiado tarde. Dijera lo que dijera ahora, Sophy sabía que su primera reacción había sido de alivio. Alivio ante la idea de librarse de ella. Hizo un intento digno de acercarse a la puerta, pero las piernas no la sostenían con fuerza, tropezó y se dio contra él.

Connor la agarró del brazo.

–Te llevaré en coche al ferry.

–No, no. Tienes cosas que hacer. No hace falta que te impliques en esto.

Él apretó los labios.

–El orgullo no es la opción más inteligente en este momento, Sophy.

Ella se quedó un instante paralizada y luego cedió.

–Bueno, de acuerdo entonces. Es muy generoso por tu parte.

Sophy se quitó el único zapato que tenía y avanzó descalza por la galería. Mientras esperaban el ascensor, Connor guardó. Una vez dentro le dijo de pronto:

–Te voy a llevar a casa.

–Oh, por el amor de Dios –a Sophy le costaba trabajo incluso hablar–. No hace falta.

Cuando llegaron al aparcamiento se puso el zapato para protegerse al menos un pie de la grasienta superficie, Connor se giro hacia ella con un suspiro de exasperación y dijo:

–Toma, sujétame esto.

Antes de que tuviera tiempo de reaccionar, Connor le puso el maletín en la mano y la tomó en brazos.

Sophy contuvo al aliento y se puso tensa, tratando de controlarse.

–¿Qué crees que estás haciendo? –exclamó consciente de su cálido pecho, de su preciosa boca y de su masculina mandíbula con barba incipiente–. Puedo andar. Esto no es… no es necesario.

–Tengo prisa –afirmó él con sequedad.

Sabía que tendría que haber protestado con más firmeza, pero sinceramente, le resultaba fabuloso estar en sus brazos aunque fuera solo un breve instante. Así que disfrutó de cada segundo. Luego dejó que la metiera en su enorme y lujoso coche y la llevara por Harbour Bridge.

La noche había caído. Había luces intermitentes en el horizonte, y el aire se sentía pesado, como si la tormenta estuviera esperando su momento para abrir los cielos.

O tal vez fuera la vibración del coche. Aunque no estaba mirando a Connor, era consciente de que estaba a escasos centímetros de ella.

Estaban a punto de llegar a su casa cuando Connor le preguntó:

–¿Están aquí tus amigas esta noche?

Capítulo Seis

–No –Sophy suspiró–. Estoy sola en este momento. Se han ido de cámping a Kakadu.

Connor guardó silencio y frunció el ceño. Ralentizó la marcha, giró el coche hacia una calle adyacente y se detuvo.

–Mira, creo que no deberías quedarte sola esta noche. Estás en estado de shock. ¿Hay alguien que pueda quedarse contigo?

Sophy se encogió de hombros.

–Millie, supongo. Pero vive en Penritth y no creo que esté en casa. Suele salir los viernes por la noche.

–¿Y Fraser?

–¿Quién? –Sophy se le quedó mirando asombrada–. ¿Elliott Fraser? ¿Estás de broma? Apenas le conozco. Ni siquiera le caigo bien –se puso nerviosa y empezó a respirar de manera agitada–. Por el amor de Dios, Connor, déjame en casa y ya está, ¿de acuerdo? Ya te he dicho que voy a estar bien.

Connor agarró con fuerza el volante y se quedó mirando adelante como si estuviera librando una batalla con algún demonio interior. De pronto, soltó un largo y fatalista suspiro y murmuró:

–Nadie podrá acusarme de no haberlo intentado –se giró para mirarla y se relajó un poco. Arranco el coche, hizo un giro completo y enfiló de vuelta a la ciudad.

Sophy le miró asustada, temiendo que fuera a hacer algo absurdo.

–¿Y ahora qué? ¿Adónde vamos?

–A mi casa –gruñó él.

Así sabría si tenía esposa.

Connor condujo hasta que llegaron a su casa.

–Point Piper –afirmó al parar el coche.

Point Piper. El barrio más exclusivo. La zona más cara de Australia, hogar de banqueros, multimillonarios y magnates asquerosamente ricos. Al final del camino, a la derecha, había una villa estilo años treinta de tres plantas con balcones. No se veía ninguna luz encendida.

Se abrió la puerta de un garaje y las luces se encendieron automáticamente a su paso. Connor la ayudó a salir del coche y le ofreció el brazo al subir al ascensor.

–Tal vez tendría que haberme ido a casa –murmuró ella perdiendo un poco de aplomo.

A Connor le brillaron los ojos.

–¿Tienes brandy en tu casa?

Ella negó con la cabeza.

–Míralo por el lado bueno –Connor soltó una carcajada ronca–. Al menos esta noche no hay luna.

Sophy bajó la mirada. Estaba claro lo que le preocupaba a Connor. Tenía miedo de que se aprovechara de la situación y se volviera a lanzar

108

sobre él con ansia. Como si pudiera hacer algo así en su estado.

El ascensor se abrió a un vestíbulo con suelo de parqué y Connor se apartó para dejarla entrar.

Sophy cruzó el vestíbulo y entró en sus dominios.

Connor encendió un interruptor y una luz suave iluminó el desnudo vestíbulo.

Estaban en una espaciosa habitación vacía. El efecto de enormidad se veía acentuado por los techos altos y los enormes ventanales. Se veían las luces del puerto parpadeando bajo el cielo. Parecía un lugar desierto.

Sophy tenía una cosa clara: allí no vivía ninguna mujer.

–¿Qué ha pasado con los muebles? –la voz de Sophy resonó en la oscuridad–. ¿Te han robado?

–No. Siéntate y te traeré algo de beber.

–¿Dónde? –Sophy escudriñó entre las sombras.

–Ah, yo… –Connor vaciló y miró a su alrededor con cierta sorpresa, como si acabara de darse cuenta de la falta de comodidades de la casa.

Sophy estaba mirando al suelo, pensando que tendría que sentarse allí, cuando él dijo:

–Ven por aquí –Connor la guio a otra estancia en penumbra y se detuvo para encender un interruptor.

Una cocina se materializó bajo la luz. Era muy espaciosa, con bancos pesados y antiguos y suelo de ajedrez. Sophy tomó asiento en un elegante taburete al lado de la encimera. Connor abrió la nevera, pero estaba prácticamente vacía. Se encogió de hombros y luego fue a buscar el botiquín de primeros auxilios y el brandy.

–Entonces, ¿no estás casado? –le preguntó cuando volvió.

La mano de Connor se detuvo a medio camino cuando iba a servir el brandy y la miró. Sabía que ella había visto la foto.

–Actualmente no.

–Pero lo estuviste.

–Sí, lo estuve –afirmó con naturalidad–. La foto que viste era de mi mujer y mi hijo. Viajaban en el avión que se estrelló hace unos años en una montaña de Siria.

Aquella tragedia tan espantosa la dejó sin habla. ¿Qué podía decir ante algo así?

–Lo siento. Es-es terrible. Has debido pasarlo muy mal –Sophy se sonrojó ante lo poco adecuado de sus palabras–. Ojalá pudiera decir algo.

Connor bajó la vista.

–No te preocupes, Sophy. No hay nada que nadie pueda decir. Toma –le tendió el vaso con el cálido líquido–. Tómatelo despacio.

Ella dio un sorbo más grande del que era su intención y luego tosió cuando el brandy le atravesó la garganta. Connor se sirvió también un dedo y se apoyó en la encimera, observando cómo se recuperaba con expresión burlona.

–¿Alguna vez haces algo con cuidado?

–Por supuesto –afirmó Sophy con los ojos llorosos–. Normalmente soy una persona muy cauta.

El calor de su burlona mirada era una peligrosa tentación que la invitaba a bajar la guardia.

–Bueno –reconoció ella–, desde que te conozco he pasado por algunas… circunstancias excepcionales.

–¿Qué circunstancias?

–Bueno, han pasado… cosas. El traslado de Millie, y luego tú… las cosas que has hecho…

–¿Cosas? –Connor se remangó hasta los codos y se inclinó con el vaso en la mano, observándola.

Dios, lo estaba haciendo otra vez. Seducirla.

–¿Te refieres a hacerte el amor?

A ella le dio un vuelco al estómago y apartó rápidamente la cara.

–No, no estaba pensando en eso en absoluto.

–Sophy –Connor extendió el brazo y le acarició suavemente el cuello con un dedo–. Tu pulso dice que estás mintiendo.

La delicadeza por parte de un hombre tan rudo resultaba debilitadora. Le ardía la piel donde la había tocado. Deseaba responderle con sinceridad, pero las dolorosas sensaciones de la playa seguían latentes en ella y no podía negarlas.

Se bajó del taburete y se dirigió a las sombras del vacío salón. Tras unos tensos instantes, Connor la siguió y estiró el brazo para encender la luz, pero ella se lo impidió.

–No, por favor –le pidió–. Enseguida habrá relámpagos. Disfrutemos de esto.

Se estaba formando una tormenta, pero esa no era la única razón por la que Sophy quería evitar la luz. Aquel tenue roce había despertado el fuego de su sangre y la había lanzado a un torbellino emocional. Un paso en falso y provocaría otra debacle.

Connor se acercó a Sophy.

—Es una casa fantástica —aseguró Sophy con tono vacilante—. Propia de un multimillonario. No quisiera ser maleducada, pero, ¿no puedes permitirte comprar muebles?

Connor se giró para mirarla fijamente y frunció el ceño.

—No es eso. Esta es la casa en la que vivió mi padre los últimos diez años de su vida. La mayoría de sus cosas se subastaron cuando murió.

—Entonces, ¿ahora es tuya?

Él se encogió de hombros.

—Tu padre no sería el O'Brien que donó un ala para el hospital infantil, ¿verdad?

—Sí, creo que sí.

Sophy trató de mostrar despreocupación.

—Deberías comprar algún mueble por si viene alguien a verte…

—Tú eres la primera.

Ella guardó silencio unos segundos.

—Pero, ¿y si tu familia…?

—No tengo familia cercana en Sídney. Algunos primos y tíos a los que casi no conozco. Nadie sabe que estoy aquí —Connor sonrió y sus ojos brillaron seductores—. Lo tenemos todo para nosotros solos.

Sophy tragó saliva mientras el corazón le latía a un ritmo frenético.

–¿Te importa si echo un vistazo?

–Adelante.

Sophy fue de habitación en habitación y él la siguió encendiendo luces a su paso. Todas estaban casi vacías. Eran estancias espaciosas con grandes ventanales que daban al puerto. Una escalera llevaba a las plantas superiores, pero Connor admitió que él nunca se había molestado en subir.

Había una habitación con un escritorio y equipamiento informático, así como una butaca de cuero de aspecto nuevo. Sophy vio en una esquina un aparato de música y una pila de CD. Y luego estaba el dormitorio de Connor. Sophy se quedó en el umbral. Había una cama grande con mesillas a los lados y una cómoda con cajones a juego. Estaba tan cansada que le resultó de lo más invitadora, con su colcha roja y dorada y las esponjosas almohadas blancas.

Dirigió la mirada hacia la maleta que había en el suelo. Se la quedó mirando unos segundos. Connor la observaba. Entornó los ojos cuando vio cómo dirigía la mirada de la maleta a la cama.

–¿Quieres probarla?

–Oh, no, gracias –Sophy salió del dormitorio.

–Deberías descansar. Tienes más ojeras que antes –Connor extendió la mano para acariciárselas suavemente con el pulgar–. Has pasado un momento muy tenso.

Ella bajó los ojos.

–No pasa nada, ya estoy bien. Llamaré a un taxi y me iré a casa.

Connor guardó silencio durante unos segundos. Luego se encogió de hombros y se metió las manos en los bolsillos.

–No tienes que llamar a ningún taxi, Sophy. Si prefieres irte a casa, yo te llevo. Pero estarías muy cómoda en esa cama –añadió con los ojos brillantes.

Ella le miró tratando de averiguar sus intenciones. ¿Qué pretendía? Si solo había una cama…

Tal vez Connor solo quisiera ser amable con ella. Ya le había dicho del modo más crudo que no quería comprometerse.

Sophy salió de las sombras y regresó al salón. Las primeras gotas de lluvia se estrellaron contra los cristales. Un relámpago cruzó el cielo e iluminó la habitación con su luz de neón. Un instante después, el ensordecedor ruido de un trueno rasgó el aire e hizo tambalearse las ventanas. Connor pasó por delante de ella para cerrar las persianas y Sophy sintió un calambre al contacto con su antebrazo desnudo.

El silencio se apoderó de la habitación antes de que sonara el siguiente trueno, y lo único que podía escuchar era el fuerte latido de su corazón, ¿o era el de Connor?

Se giró hacia ella con los ojos brillándole como llamas negras en la semioscuridad. Connor extendió el brazo y le deslizó los dedos por la mejilla, bajándolos a continuación hacia la mandíbula.

–Estás preciosa con ese vestido –murmuró con voz sexy. Pero dejó caer la mano y entornó los ojos–. ¿Seguro que te encuentras bien? Creo que deberías descansar. Y necesitas alimentarte. Échate un rato y luego comerás algo.

La idea de moverse le provocaba un cansancio infinito. Estaba agotada. Se apoyó en la pared y se deslizó al suelo.

–Descansaré un rato antes de llamar al taxi.

–No, no, por el amor de Dios, no puedes sentarte ahí. Ve a tumbarte a la cama.

–Me gusta el suelo –mintió ella–. Solo quiero cerrar los ojos un segundo antes de llamar…

Connor apretó sus sensuales labios. Sacudió la cabeza y frunció el ceño.

–No es una buena idea. Tienes que descansar, tomar un baño…

Lo del baño sonaba tentador, pero estaba demasiado cansada. Se estiró y los duros tablones crujieron cruelmente en sus huesos.

–Tengo que hacer algo respecto a la cena –murmuró Connor–. Creo que encargaré comida. ¿Qué te apetece, tailandés, chino, turco, indio…?

–No sé –Sophy suspiró–. Lo que quieras.

Connor vaciló un instante y luego se sentó en el suelo cerca de ella.

–Sophy, ¿por qué no me cuentas qué tiene esa carta de importante? No se tratará de algún tipo de chantaje, ¿verdad?

Estaba harta de aquella estúpida carta. Se alegraba de que hubiera desaparecido para siempre.

Rindiéndose a lo inevitable, apoyó las manos en las mejillas y cerró los ojos.

–Es mi ADN –murmuró.

Se adormiló. Dejó de sentir los tablones de madera en el cuerpo. Tras lo que le pareció una eternidad se sintió flotando como en un río, y entonces notó un brazo fuerte bajo los hombros y otro bajo las rodillas y supo que Connor O'Brien la estaba levantando del suelo.

Sophy se despertó con el sonido de los platos y los deliciosos aromas de la cocina; le rugió el estómago. Estaba en una cama. Se espabiló un poco más y se estiró. Extendió los brazos y se dio cuenta de que se sentía descansada y viva.

–Estás despierta. Bien.

Sophy parpadeó cuando una suave luz iluminó el dormitorio. Entonces vio a Connor en la puerta. Se había cambiado y se había puesto vaqueros y una camiseta oscura que le marcaba las atléticas formas del cuerpo. El pelo le brillaba como si estuviera mojado. El corazón le dio un vuelco. No era justo que un hombre fuera tan guapo. Se dio cuenta de que la miraba fijamente. Consciente de pronto de que tenía el vestido subido hasta los muslos, se cubrió con la colcha y se sentó.

–¿Cuánto tiempo llevo durmiendo? –preguntó tratando de atusarse la despeinada melena.

–Un par de horas. ¿Tienes hambre?

–Mucha –reconoció Sophy.

Connor sonrió de un modo sexy.

–Bien. ¿Quieres que te prepare un baño?

En cuanto Connor salió, se levantó de la cama y se recolocó el vestido. El baño era un prodigio de espejos ornamentales, superficies de mármol y el último grito en bañeras decadentes de los años veinte. Mientras ella la admiraba, Connor sacó un botiquín de primeros auxilios.

–¿Para qué es eso? –quiso saber al ver unos instrumentos quirúrgicos que parecían pinzas.

–Bueno, ya sabes –los sacó del botiquín –para extraer partículas de la piel y cosas así.

–Balas –la palabra le vino a la mente sin pensar.

Connor la miró asombrado y luego dijo casi con cariño:

–Menuda imaginación tienes.

Mientras Connor seguía hablando y le decía dónde estaban las toallas, Sophy pensó que, aunque se mostrara hospitalario, nada había cambiado. Seguía siendo un hombre lleno de misterios y que la había rechazado en la playa.

–¿Necesitas algo más? –le preguntó él.

–Ojalá tuviera ropa limpia para cambiarme.

Connor vaciló un instante y luego dijo:

–Tal vez podrías ponerte una de mis camisas.

Connor salió de allí y volvió a los pocos segundos con una camisa azul colgada de una percha que dejó en la puerta.

Cuando la voluptuosa bañera estuvo llena y llegó el momento de que Connor se retirara galantemente del baño, a Sophy se le ocurrió pensar que

117

tal vez no fuera completamente ajeno a sus encantos.

Todavía había esperanza.

Si el sueño le había resultado reparador, el baño fue una bendición. Se quedó tumbada en el agua, que olía a romero y a salvia, y permitió que las tranquilizadoras esencias le atravesaran el alma con su poder curativo mientras pensaba en Connor. ¿Sería un sueño? ¿Sería posible que la sensación de urgencia que flotaba en la noche desde el rescate hubiera cambiado algo entre ellos? Acuciada por las punzadas de hambre, Sophy se levantó y se secó hasta que sintió la piel suave como la seda.

Se puso la camisa. Le llegaba casi a las rodillas por delante y por detrás, pero no a los lados.

Connor estaba calentando algo en la sartén cuando alzó la vista hacia ella. La mano que sujetaba la cuchara se quedó inmóvil y los ojos le brillaron con una sensualidad que le endureció los pezones.

–Ah –dijo con suavidad–. Estás mucho mejor. Vuelves a ser tú.

Al menos la imagen que tenía de ella en sus fantasías, pensó Connor con el corazón agitado.

Le sirvió una copa de vino tinto con mano firme, aunque la sangre le ardía.

Entrechocó la copa con la ella sonriendo, haciendo un esfuerzo para no mirar más debajo de la barbilla. Si no hubiera sido virgen le habría deslizado la mano bajo la camisa. Se giró bruscamente hacia la sartén sintiendo los vaqueros tirantes.

Sophy se apoyó en el taburete y se tomó con calma el vino. Había algo muy sexy en el modo en que Connor cocinaba. Probó el guiso, le puso más sal, colocó la tapa en la sartén y se inclinó para oler algo aromático que se estaba cocinando en el horno. Cuando le puso la humeante sopa delante, el aroma que desprendía le hizo agua la boca. O tal vez fuera el vino que corría por sus venas. O él.

–Buen provecho –murmuró Connor.

Tras la última cucharada, exclamó:

–Delicioso.

–Come un poco más –la animó Connor–. Tienes que recuperar fuerzas.

–Eres muy amable, pero ya no puedo más. Me impresiona que te hayas tomado la molestia de cocinar. Y qué sopa tan rica. ¿Quién lo hubiera pensado?

Él sonrió.

–Es una de las pocas cosas que sé cocinar. Se trata de un plato muy común en Oriente Medio.

–Ah, claro. Estuviste en Irak.

–Por supuesto, ya lo sabías –Connor torció el gesto–. Después de todo, estuviste fisgoneando en mi despacho. Me había empezado a preguntar si serías detective.

Sophy sonrió.

–Fisgonear es una exageración. Tal vez me haya cruzado accidentalmente con tu pasaporte mientras me ocupaba de mis cosas…

–Ah, tus cosas. Creo que deberíamos hablar de eso –la miró con cariño.

–Yo creo que no. Háblame de Irak. ¿Vivías en la embajada?

–La mayor parte del tiempo. A veces viajaba a otros lugares.

–Debió ser terriblemente peligroso.

Connor apretó las manos que tenía sobre la mesa, pero dijo con voz pausada:

–Hay peligro por todas partes. Por ejemplo, en el edificio Alexandra de Sídney –sonrió–. Hay trampas para los incautos. Bellas y letales tentaciones.

La adrenalina le corrió por las venas como un torrente de vino tinto.

–Pero creo que hay algo que tenemos que dejar claro –continuó él.

Ella se recostó en la silla y dejó escapar un suspiro.

–De acuerdo. Te refieres a la carta, supongo.

–No, no me refiero a la carta. Creo que sé de qué se trata –Connor frunció el ceño y luego le tomó las manos mirándola con ansiedad–. Llevo tiempo queriendo decirte algo. No se me da muy bien, pero quería que supieras que aquella noche en la playa no tendría que haber... sé que herí tus sentimientos. Me remuerde la conciencia. Lo siento, Sophy. No te lo merecías. Te pido disculpas.

Había sinceridad en su mirada, y Sophy vio cómo se sonrojaba. Él corazón le latía con fuerza, pero había llegado el momento de actuar como una mujer.

–¿Qué sentimientos, Connor? –flexionó los dedos que tenía entrelazados en los suyos–. Soy una mujer adulta. ¿No es hora de que dejemos todo atrás y sigamos adelante? Y ahora dime, ¿qué hay de postre?

Connor le apretó con más fuerza las manos. La sensual llama de su mirada se intensificó y le dijo con dulzura:

–¿No lo sabes? –Connor le deslizó las manos por los antebrazos y se inclinó para tomarle la boca en un apasionado beso. La levantó de la silla sin dejar de besarla y la estrechó entre sus brazos, apretando las suaves curvas de su cuerpo contra el suyo.

Sophy le correspondió y él la besó con más intensidad todavía, hundiéndole la lengua en la boca.

Cuando las manos de Connor le buscaron los senos a través de la camisa y luego las deslizó por las caderas y los muslos, la sangre le ardió y deseó aferrarse a él y experimentar cada centímetro de su piel.

La erección de Connor se apretó contra su vientre, y sintió humedad entre las piernas.

Los besos se hicieron más frenéticos, y cuando Sophy se estaba quedando sin aliento, se apartó de ella. El poderoso pecho le subía y le bajaba.

–¿Es esto lo que quieres? –jadeó él.

Sophy asintió, preguntándose si no había dado suficientes señales. Dio un paso en dirección al dormitorio y miró hacia atrás para llamarle con los ojos, pero Connor no necesitaba que le animaran.

Se limitó a tomarla en brazos. Mientras avanzaba con ella, Sophy le buscó la boca para saboreársela otra vez.

La dejó sobre la cama y se la quedó mirando unos instantes con los ojos ardiendo como ascuas mientras ella esperaba sin poder respirar.

–Tengo preservativos en la bolsa, por si los necesitas –afirmó con la naturalidad que pudo.

Connor sonrió.

–¿Ah, sí? Bueno, resulta que tengo algunos a mano. Pero si necesitamos más, usaremos los tuyos –abrió el cajón de la mesilla, sacó unos cuantos y los dejó sobre la almohada. Entonces se apoyó en un codo, se inclinó y la miró con fuego en la mirada. Entonces le sostuvo la mandíbula con la mano suavemente mientras la besaba en la boca y luego presionó sus ardientes labios en besos suaves por las cejas, las mejillas y la mandíbula. Cuando llegó al cuello, el calor de los besos se intensificó y sintió cómo los senos se le hinchaban por el deseo.

A Connor le brillaron los ojos. Cambió de posición, centrando la atención en los pies de Sophy. Le levantó el derecho con la mano, le acarició la planta con el pulgar e inclinó la cabeza para depositarle un beso en el tobillo.

Oh, Dios. Era tan seductor. Un escalofrío le recorrió los pies y se le asentó en la zona inferior del abdomen. ¿Quién habría pensado que los pies y los tobillos fueran tan erógenos?

–El otro, Connor. Por favor.

Él obedeció, esta vez atacándole con más sensualidad el tobillo, examinando su rostro con ojos brillantes. Todavía estaba temblando cuando su mano suave le subió pierna arriba, acariciándola como si fuera de seda. Cuanto más la acariciaba, más electricidad sentía. Parecía como si tuviera fuego en las yemas. Le deslizó la mano bajo la camisa.

–Ajá –Connor conectó con la banda elástica de las braguitas y tiró suavemente de ella.

Entonces, cuando Sophy esperaba que se las quitara, Connor le deslizó la mano por la cara interior del muslo y ella se puso tensa, incapaz apenas de respirar. Entonces él se inclinó de pronto y le trazó con la lengua un sendero por la piel de seda, cada vez más cerca de la transparente tela que ocultaba su rincón más secreto.

A Sophy se le secó la boca. Pero justo antes de que Connor hiciera la conexión crucial, se detuvo y alzó la cabeza con un brillo malicioso en los ojos.

–Vamos a quitarte esa camisa –Connor se incorporó y se quitó la camiseta. Bajo la suave luz, su ancho pecho parecía de bronce.

La cicatriz del costado asomaba en sobrecogedor contraste, y ella estiró la mano para acariciarla, pero Connor se lo impidió.

–No.

Connor se tumbó de lado, apoyándose en un codo, y se la quedó mirando con intensidad en la oscuridad. Le deslizó la otra mano bajo la camisa para desabrocharle el botón de arriba y observó maravillado sus senos. Desabrochó uno a uno los botones de la camisa y la abrió. Soltando un gemido ronco, posó los calientes labios en sus senos, cubriéndolos con las manos, acariciándolos hasta que Sophy estuvo a punto de desmayarse de placer.

Era tan delicioso y excitante que no pudo evitar gemir. Entonces Connor le trazó un camino de besos hasta el ombligo y luego siguió hacia la parte superior de la braguitas.

Y ahí se detuvo.

—Vamos a quitar esa camisa del todo.

Sophy se sentó y él le ayudó a quitársela. Luego la miró con ojos ardientes, la estrechó entre sus brazos y la besó en los labios, primero con ternura y luego con creciente ferocidad. Respondiendo con fervor, Sophy le rodeó el cuello con los brazos y se colgó de él, excitándose al sentir el roce del vello de su pecho contra los senos mientras él la tumbaba sobre la cama.

—Oh, Connor —jadeó estremeciéndose de placer. Una llamarada de fuego se abrió paso entre sus muslos—. ¿A qué estamos esperando? —preguntó con tono ronco.

Él sonrió y le bajó de golpe las braguitas hasta los tobillos.

—Eres preciosa —murmuró.

La habitación se cargó de tensión mientras Connor observaba su cuerpo desnudo con admiración.

—Connor, no te sigue preocupando que sea virgen, ¿verdad?

Él cerró los ojos, y luego, con un largo gemido,

se inclinó para apoyar la boca en el suave nido de sus rizos con un beso tierno y excitante.

Sophy exhaló pequeños gritos de placer y abrió los muslos para él, retorciéndose mientras la lengua de Connor se deslizaba por su sensible tejido. La sensación era tan deliciosa, tan excitante, que estaba en completo éxtasis hasta que de pronto el erótico frenesí se detuvo. Connor alzó la cabeza, le dirigió una larga y penetrante mirada y se levantó de la cama. Sin apartar la vista de ella, se desabrochó el cinturón y se quitó el resto de la ropa.

Sophy se quedó sin aliento ante su poder y su belleza. Era alto, fuerte y musculoso como una escultura clásica. Pero cuando dirigió la mirada hacia la longitud y robustez del pene, abrió los ojos de par en par. Estuvo a punto de echarse atrás.

Trató de no mostrar su momentánea cobardía, pero la escrutadora mirada de Connor entendió lo que pasaba.

–Sophy –se sentó a su lado y la besó suavemente en los labios. Luego le tomó la mano para que le tocara–. Siente esta piel –murmuró–. No está diseñado para hacerte daño.

Ella cerró la mano sobre su erección, maravillándose ante la textura de seda que envolvía el duro mástil. Connor se mantuvo inmóvil, haciendo un esfuerzo para no reaccionar. Cuando finalmente le apartó la mano, la tomó por los hombros y la tumbó. Sacó un preservativo de uno de los envoltorios que había en la almohada y se lo colocó sobre la viril erección mientras ella permanecía inmóvil, excitada por la emoción. Los senos, la piel, toda ella ardía en llamas.

Entonces Connor le deslizó una mano entre las piernas, separándoselas suavemente, y acarició con exquisita delicadeza la piel de aquel rincón hasta que ella gimió.

De pronto se detuvo y colocó su poderoso cuerpo encima del de ella, sujetando el peso con los brazos y colocándose entre sus piernas abiertas.

Sophy podía sentir el rápido latido del corazón de Connor, su agitada respiración, mientras la miraba intensamente.

–Rodéame la espalda con las piernas –le pidió él.

Sophy obedeció. Sintió la punta aterciopelada de su pene tentando su húmeda entrada, y luego Connor acometió una firme embestida.

Ella sintió una incómoda presión y le clavó las uñas en los hombros.

–Relájate –murmuró Connor. Entonces volvió a embestirla con más firmeza.

Esta vez sintió el seco crujir de su tierno tejido. Connor estaba dentro de ella con expresión de absoluto éxtasis.

–¿Estás bien? –gimió él mirándola con preocupación–. ¿Te duele?

Sophy hizo un rápido análisis de su incomodidad y se dio cuenta de que en realidad no le dolía. Hizo un esfuerzo por relajarse.

–Ya no. Estoy muy bien.

A Connor se le oscurecieron las pupilas y aspiró con fuerza el aire. Luego inclinó los labios hacia los suyos en un beso profundo y apasionado. Sophy apretó las piernas contra su cuerpo y Connor la llenó con su cuerpo. Entonces empezó a moverse con embates lentos y rítmicos mientras ella se acostumbraba a aquel erótico placer. Él comenzó a aumentar el tempo gradualmente y con cuidado.

Como si sintiera el febril latido de su sangre, Connor aumentó el ritmo, penetrándola más y más, hasta que alcanzó un pico en el que la tensión se deshizo en un alivio feroz.

El poderoso cuerpo de Connor se retorció y él emitió un sonido gutural que parecía nacido de lo más profundo de su ser. Colapsó encima de ella y se quedó allí, jadeando unos segundos, con la mejilla contra la suya.

Se quedó allí tumbado en silencio durante un momento, cubriéndose los ojos con el brazo.

Finalmente se incorporó y se giró para mirarla. Los ojos le brillaban con tanta fuerza que Sophy se sintió bañada por la luz del sol.

—Vaya, vaya, Sophy Woodruff.

Ella sonrió y se volvió hacia él.

—Vaya, vaya, Connor O'Brien.

Connor le trazó suavemente la silueta con el dedo mientras a ella la latía con fuerza el corazón. Había un montón de cosas que necesitaba decirle, pero él susurró:

—Shh, cariño —la besó en los labios y la atrajo hacia su poderoso cuerpo—. Duérmete.

Capítulo Siete

Al despertarse se soltó con cuidado del abrazo de Connor y entró al baño de puntillas. Se lavó con jabón y se limpió los dientes poniendo un poco de pasta en el dedo. Como no encontraba su ropa, se envolvió en una toalla. Al salir, Connor ya estaba despierto y miraba por la ventana hacia la vista gris del puerto, envuelto en llovizna. Sophy vaciló en el umbral sin saber muy bien cuál era la etiqueta del momento. ¿Era el momento de despedirse con elegancia y marcharse?

–Ah, qué bien –susurró–. Estás despierto. ¿Sabes dónde está mi ropa? Tengo cosas que hacer en casa.

Connor se giró para mirarla y se apoyó en el codo alzando una ceja.

–Y tengo-tengo que ir a la biblioteca.

Él levantó las sábanas con gesto seductor y le dio una palmadita al colchón.

Sophy se derritió. El pecho bronceado de Connor con su vello oscuro le resultaba cálido e invitador. Sintiendo una punzada de excitación, se las arregló para acercarse con despreocupación hasta que en el último segundo dejó caer la toalla y se metió riéndose entre las sábanas con él.

Un rato más tarde, Connor se levantó y se duchó, dejando a Sophy con el cuerpo humeante de placer, un cierto cansancio y el corazón en un estado de suspensión.

Después, Sophy se dio una larga y relajante ducha mientras Connor preparaba el desayuno. En un día de lluvia, la cama era el lugar más acogedor para desayunar.

No pasó mucho tiempo antes de que la conversación se centrara en la carta. Por supuesto, la ágil mente de Connor había adivinado su relación con Elliott. Aseguraba que no entendía cómo no lo había sospechado desde el principio.

No tenía sentido seguir ocultándole las cosas y se lo contó todo… no pudo evitar que le temblara la voz cuando le contó la oferta monetaria que le había hecho Elliott para comprar su silencio.

Connor se puso muy serio.

—No es una manera muy inteligente de manejar la situación. Debe sentirse muy amenazado.

Sophy le miró.

—Soy consciente de ello. Pero tengo la sensación de que me oculta algo. No me sorprendería que lo supiera. Sabía que Sylvie, mi madre, había muerto. Seguro que sabía también que había dejado una hija.

—Tal vez, pero no tenía por qué saber que esa hija era suya también —Connor lamió unas migas de cruasán que le habían caído a Sophy en el muslo—. Qué triste que tu madre muriera siendo tú tan pequeña.

129

–Así es –reconoció ella suspirando–. Pero tuve la suerte de que me adoptaran los Woodruff. Fueron unos padres maravillosos, y muy generosos. No han vendido la casa, así que tal vez todavía regresen.

Connor parecía pensativo.

–¿Qué opinan de que hayas contactado con Elliott?

Ella bajó los ojos.

–Bueno, no se lo he mencionado todavía. Sinceramente, dudo que les importe.

Connor frunció el ceño. Por lo que él sabía, los padres adoptivos se sentían amenazados cuando sus hijos decidían buscar a sus padres biológicos. Y tampoco le parecía normal que unos padres se marcharan de casa y dejaran a su hija. Ni que se cambiaran de país. Era un abandono total.

–¿Por qué volvieron a Inglaterra?

–Bueno, Bea tenía una hija de su primer matrimonio, Lauren. Tuvo algunos problemas durante el primer embarazo, y Bea, naturalmente, quiso estar a su lado. Al principio se suponía que solo iban a estar unos meses, pero el bebé nació con algunas complicaciones y decidieron quedarse para apoyar a Lauren. Luego nacieron más hijos, y creo que les encanta ser abuelos.

Connor sintió una punzada. Le extrañaba que Sophy albergara tan poco rencor después de haber sido abandonada por sus padres biológicos y por los adoptivos. Se rascó la barbilla.

–No creo que sea muy difícil averiguar más cosas. ¿Estás segura de que quieres seguir adelante? Tal vez te enteres de cosas que no quieres saber.

–He pensado en ello. Aunque descubra que Elliott no me gusta, está el pequeño Matthew. Me encantaría tener un hermano pequeño. Y tengo la sensación de que Elliott no es muy amable con él. Eso tiene mucha repercusión en el desarrollo de un niño, ¿sabes? Necesitan que la gente muestre interés por sus cosas, que hablen con ellos.

–Puede que haya otros miembros de la familia que lo hagan.

–Eso espero –Sophy agarró una servilleta de papel para limpiarse el jugo de melocotón de la barbilla–. ¿Sabes qué? El modo en que Elliott ha reaccionado ha sido demasiado duro para mí. Tal vez debería dejarlo estar. Así le ahorraría preocupaciones. Y quizá también a sir Frank.

Connor miró sus ojos azules y sintió remordimientos. ¿Y quién decía que el anciano no recibiría de buen grado la noticia de que tenía una nieta?

–Tengo que pedirte que guardes esto en secreto –le pidió Sophy–. Se lo prometí a Elliott. No estarás pensando en contárselo a su padre, ¿verdad? Para el pobre Elliott sería un shock que se enterara por otra persona. Necesita contárselo él mismo. Por favor, Connor –le puso la mano en el brazo con gesto suplicante–. Puede que Elliott entre en razón y se dé cuenta de que es maravilloso tener una hija. Dejemos que sea él quien se lo cuente a su padre –se inclinó hacia delante–. ¿No te das cuenta? Si se lo cuentas a sir Frank, Elliott me echará la culpa a mí. Tú nunca te habrías enterado si yo no hubiera perdido esa carta.

Connor vaciló. Le debía la verdad a sir Frank. La investigación se había prolongado ya bastante y había utilizado varias semanas de su permiso.

–Sir Frank es un hombre mayor –señaló–. No vivirá eternamente. Si Elliott no se lo cuenta, puede que pierda la oportunidad de conocerte. Y eso sería una tragedia.

–No, pero… oh, prométemelo, Connor, por favor.

Sophy olía deliciosamente a melocotón. La súplica de sus ojos le provocó algo en el pecho. Con su boca suave y sensual y un hombro al descubierto con aquella camisa absurdamente grande, resultaba demasiado deseable.

Tal vez tuviera razón y Elliott mereciera una oportunidad. Sophy tenía mucho que perder si él hablaba. Por otra parte estaba su compromiso. El anciano confiaba en él.

Sintió un escalofrío al pensar en cómo se lo tomaría Sophy si Elliott Fraser la rechazaba.

–Mira, no puedo prometerte nada. Puede que me encuentre con sir Frank y entonces me sentiría fatal por ocultarle algo tan importante. Pero si en otoño Elliott no ha dado muestras de actuar como un ser humano, entonces hablaremos.

***

Se quedó allí la mayor parte del sábado. Connor O'Brien tenía mucho que enseñarle sobre artes eróticas, y ella era una alumna muy dispuesta.

Al día siguiente el cielo se volvió de un maravilloso azul. Por la mañana, Connor la llevó a dar un paseo a los mercadillos de Rocks y luego pasaron la tarde en casa haciendo el amor.

Después de aquello, cada día del verano fue un día dorado y maravilloso. Se encontraba con Connor después del trabajo y pasaba la noche con él. A la hora de la comida iban a almorzar a los jardines, y, al principio, la llevaba a cenar a algún restaurante, pero a medida que las exigencias de su pasión se hacían más fuertes, resultaba más fácil y más íntimo cocinar en casa de Connor. Compraron los utensilios necesarios para equipar la cocina, y Connor adquirió también dos sofás y una alfombra, así como una butaca reclinable y una mesita auxiliar.

La vida nunca le había parecido tan maravillosa. Pero entonces descolgó el teléfono una mañana y escuchó la voz de Elliott Fraser.

Le aseguró con tono seco y frío que lamentaba el retraso. Presiones en el trabajo. Pero estaba dispuesto a invitarla a cenar y hablar por fin.

La noche que sugería era el día que Sophy jugaba al voleibol, pero accedió sin vacilar y anotó la dirección. Decidió guardarse la invitación para sí. Era una cuestión privada entre su padre y ella, y dependiendo del éxito, se lo contaría a Connor.

Dado que la dirección que Elliott le había dado estaba muy lejos de su casa, decidió ir en coche.

Llevaba una botella de vino a modo de detalle, aunque ella no iba a beber.

Le sorprendió la casa. Era una construcción modesta de ladrillo y teja con un pequeño jardín trasero. Cuando llamó a la puerta, una mujer con delantal y rostro agradable le abrió la puerta y la invitó a entrar. Se presentó como Marie y le dijo que el señor Fraser se iba a retrasar. Guio a Sophy por un pequeño pasillo hasta un salón con un comedor adyacente. El olor a comida sugería que se estaba preparando la cena. Marie le llevó una limonada y volvió a la cocina mientras Sophy se sentaba en el sofá con rigidez y miraba a su alrededor. Había una cómoda con un par de fotos enmarcadas. Una era de Elliott Fraser de joven y la otra tenía un marco dorado y brillante con adornos y era de su boda. Parecía más propia del palacio de Buckingham que de aquella casa sin pretensiones.

No había ni rastro de ningún niño. Sophy se levantó, preguntándose dónde estaría, y fue a mirar en el comedor. La mesa estaba puesta para dos. Tal vez alguien estuviera cuidando de Matthew, aunque... hubo algo en aquel lugar que le provocó una sensación de incomodidad. Los muebles eran funcionales, no era lo que cabía esperar en la residencia del hombre rico que Connor había descrito.

Experimentó una sensación desoladora. De pronto supo con certeza que Elliott no vivía allí.

Entró en la cocina. Marie, que estaba ligando una especie de salsa, alzó la vista sorprendida.

–Disculpa la curiosidad, Marie –Sophy sonrió–. Me estaba preguntando cuánto tiempo llevas trabajando para el señor Fraser.

–Bueno, esta es la primera vez que vengo –reconoció la mujer–. Es un trabajo por horas, solo para esta noche. Pero me ha dicho que cabe la posibilidad de que tenga que venir más veces.

–¿Ah, sí? –Sophy seguía sonriendo, pero sentía el corazón pesado como una piedra y le daba vueltas la cabeza.

¿Por qué había intentado Elliott un truco tan despreciable? ¿Por temor a que contaminara su auténtico hogar? Se le pasó por la mente una posibilidad más despreciable todavía. ¿Sería un complot ideado para ocultarle su auténtica riqueza para que no se le ocurrieran ideas? Sophy sintió una oleada de vergüenza. ¿Cómo podía ser hija de un hombre con tan poca dignidad?

–Escucha, Marie, la cena huele de maravilla, pero lo siento, no voy a poder quedarme. ¿Te importa decirle al señor Fraser que no tengo hambre?

Salió por la puerta de entrada y se encontró con Elliott saliendo del coche con gesto malencarado. Al verla se le acercó por el camino de gravilla atusándose el plateado cabello.

–Sophy –hizo amago de tenderle la mano, pero entonces la miró a la cara y desistió del intento–. ¿Qué haces? No te vas, ¿verdad?

–Sí, me voy, pero no tiene de qué preocuparse, señor Fraser. No le causaré ningún problema. No

135

tiene nada que temer de mí –Sophy sintió un nudo en la garganta, pero contuvo las lágrimas–. No volveré a molestarle.

Elliott se quedó allí estupefacto mientras ella se marchaba, pero reaccionó y la alcanzó al final del caminito de gravilla.

–Sophy, ¿qué ha pasado? ¿A qué viene esto?

–Por favor, no empeore las cosas –Sophy se dio la vuelta–. Prefiero recordarle al menos con algo de dignidad.

El rostro de Elliott se desfiguró y sus ojos grises brillaron furiosos.

–Tuviste unos buenos padres. Una buena vida familiar. ¿Cómo iba a criarte yo solo? Cuando tu madre murió, fue la mejor opción. Y ahora vienes a buscarme y quieres respuestas, me acosas... pero, ¿quién te crees que eres?

Sophy le miró con orgullo. La voz le temblaba un poco.

–Soy Sophy Woodruff. Esa soy. Y quien tú seas no tiene nada que ver conmigo.

De pronto sintió lástima por Elliott Fraser. Sin volver a mirarle, entró en el coche, lo arrancó y se marchó de allí. Lejos de aquella patética farsa, de aquella casa de mentira y del muro que Elliott había levantado para evitar la amenaza que Sophy suponía para él.

Connor no la esperaba, eso estaba claro. Cuando le abrió la puerta de quedó mirándola con tanta severidad que a Sophy se le cayó el alma a los pies al darse cuenta de que nunca antes se había pasado por ahí sin avisar. Tal vez había cruzado alguna línea invisible. Entonces el rostro de Connor se relajó un poco.

–Vamos, pasa.

Pero ya era demasiado tarde. Su expresión se le ha había quedado grabada.

–¿Qué pasa, Connor? –dijo tratando de sonreír–. No tendrás aquí a una rubia, ¿verdad?

–La rubia acaba de marcharse. Ahora estoy listo para una morena –bromeó él.

Pero le esquivaba la mirada. Le hizo un gesto para que le siguiera al salón y una vez allí se quedó de pie con las manos en los bolsillos de los vaqueros.

–¿Ocurre algo? –preguntó tras un instante de incómodo silencio.

Sophy se encogió de hombros.

–Se me ocurrió pasar por aquí –sonrió y se quitó el bolso. Deslizó la mirada hacia el ordenador portátil que estaba abierto en la mesita auxiliar.

Connor siguió la dirección de su mirada y lo cerró con un movimiento ágil y certero.

Sophy recordó entonces que Connor tenía una vida privada a la que ella no tenía acceso. Ser su amante no le confería ningún derecho sobre él. Tendría que haber previsto que no era una buena idea pasar por ahí y esperar que él la consolara mientras ella lloraba como una niña. Pero tras la diversión y la alegría de los días que habían pasado juntos, no pudo evitar sentirse dolida. Experimentó una sensación de pánico. Cielos, qué expectativas tan poco realistas. Primero Elliott y ahora Connor. Estaba claro que no daba ni una.

Se dio cuenta de que él la observaba con el ceño fruncido y trató de disimular el oscuro peso que tenía en el corazón.

–Vaya, Connor, ya veo que estás trabajando. Lo siento. No tendría que haberte interrumpido sin avisar –volvió a colgarse el bolso y le sonrió sin ganas–. Me marcho.

–Espera –Connor la agarró del brazo. Una rápida sucesión de sensaciones le cruzó por la mente. Consternación. Remordimientos. Algo no iba bien, y Sophy había pasado por allí para contárselo. Pero él estaba demasiado preocupado por la interrupción de su comunicación con la embajada–. Dime, ¿qué ha pasado?

Ella se encogió de hombros, pero le dio la sensación de que estaba a punto de echarse a llorar. Entonces cayó en la cuenta.

–Oh, no. No me lo digas. Has ido a ver a Elliott Fraser.

Sophy no respondió. Connor le sujetó los hombros y sintió cómo temblaba.

–¿Te importaría abrazarme durante unos segundos? –le preguntó ella con sonrisa trémula.

–Sophy, Sophy –la estrechó con toda la fuerza que podía utilizar sin romperla y le acarició el pelo.

Poco a poco le fue sacando todo: la casa falsa, el

encontronazo en la puerta… trató de limitarse a murmurarle palabras tranquilizadoras al oído, pero la fragancia de su cabello y su cuerpo delicado le provocaron un efecto inevitable, y antes de que pudiera darse cuenta la estaba besando.

Lo siguiente que supo fue que estaba duro como el granito y que le estaba quitando la ropa con manos temblorosas mientras la tumbaba sobre la cama y sentía cómo aumentaba la pasión.

Como siempre, Sophy se ofreció a él con una confianza ardiente y entregada que le maravillaba. No eran imaginaciones suyas. El erotismo juguetón de sus primeros encuentros había dado paso a un poderoso torrente emocional que les conectaba a un nivel profundo.

Cuando se colocó para tomarla y observó su delicado y sonrojado rostro, conceptos como la responsabilidad perdían significado frente a la urgencia de borrar las sombras de los ojos de Sophy Woodruff.

Capítulo Ocho

—Es terrible tener a un animal tan bello ence-
rrado. Mírale a los ojos, Connor. ¿No te gustaría li-
berarlo? —Sophy alzó la vista, pero él no la estaba
mirando.

No esperaba respuesta. Desde la noche en que
pasó por su casa sin avisar, Connor había cambiado. Y se culpaba a sí misma por haber revelado sus
sentimientos. No con palabras, pero sí de otras
muchas formas. Y ahora Connor se había retirado
a una región lejana y ella no era capaz de conse-
guir que las cosas volvieran a ser como antes.

—Perdona, ¿qué decías? Vamos por aquí, a ver
qué hay —sugirió él.

Se apartaron de la zona de los felinos y se diri-
gieron a ver el elefante. Sophy se había puesto un
sombrero de ala ancha para protegerse del sol,
porque aunque habían empezado a caer las hojas,
todavía pegaba con fuerza.

Sintió lástima por el pobre elefante, que estaba
encadenado por una pata. Miró a Connor, pero él
tenía la atención puesta en las personas que se
acercaban por el otro lado. Estaba mirando en
concreto a un hombre mayor que caminaba con
bastón y que hacía todo lo posible por seguirle el

paso a un niño pequeño vestido de Spiderman. A una distancia respetuosa les seguía un chófer uniformado.

Cuando se acercaron a ellos, el anciano reconoció a Connor y se le iluminó la cara.

–Vaya, vaya, Connor O'Brien –se detuvo y agitó el bastón–. Qué maravillosa coincidencia –dirigió sus ojos azules hacia Sophy.

Connor dio un paso adelante para estrecharle la mano. El niño, que estaba mirando el elefante, se giró de pronto hacia Sophy. Ella reconoció al instante el rostro de Matthew Fraser.

–Ven a saludar al señor O'Brien, Matthew –le pidió su abuelo.

–Sir Frank, esta es Sophy Woodruff –les presentó Connor.

Sophy tardó unos instantes en ser consciente de la situación. Así que aquel era su abuelo. El anciano asintió con la cabeza y le tendió la arrugada mano. Olía a menta y a eucalipto.

–Vaya, vaya. Así que tú eres Sophy Woodruff –la miró con curiosidad–. ¿Te gusta el zoo, Sophy?

–Digamos que me gustan los animales –puntualizó sin querer decepcionarle.

Miró a Connor, pero se había puesto las gafas de sol y no podía verle los ojos. Sir Frank se giró hacia él, pero seguía mirando a Sophy mientras hablaba. Ella tuvo algo claro: no había sido un encuentro casual.

Le había parecido extraño que Connor sugiriera pasar la tarde en el zoo. Pero, ¿qué le habría contado al anciano? ¿Sabía sir Frank que ella era su nieta?

Ajeno a las preocupaciones de los adultos, Matthew se aburrió de la conversación y se fue a jugar a un banco cercano hasta que su abuelo lo llamó.

–Siéntate un rato ahí conmigo, querida –le pidió sir Frank a Sophy dándole una palmadita en la mano–. Vamos, Matthew, llévate a Connor a dar un paseo y enséñale el elefante.

Sophy se dejó guiar al banco y sir Frank empezó a hacerle preguntas educadas sobre su trabajo, sus intereses y sus amigos. Era un encantador de serpientes. Normalmente ella no se habría dejado engatusar, pero había tantas vibraciones y corrientes en el aire que, aunque respondió con educación, no podía apartar la atención de Connor y del niño.

Obedeciendo a su abuelo, el niño dio un par de pasos en dirección a Connor, que estaba de pie en silencio.

–De acuerdo, Spiderman –dijo de mala gana tendiéndole la mano–. Enséñame al elefante.

Sophy suspiró aliviada y se dio cuenta de que sir Frank la observaba con ojos entornados.

–No tienes que preocuparte por Connor, nunca le haría daño a un niño. Tenía un hijo. Las cosas a veces se tuercen en las familias, como sabrás por tu trabajo.

El anciano siguió hablando de padres, madres e hijos, pero ella no podía apartar la vista de Connor y el niño. Le vio escucharle, tomarle de la mano, ponérselo a hombros para que pudiera ver mejor... Sophy se sintió abrumada por una sensación de tristeza tan intensa que pensó que se le iba a romper el corazón.

Connor O'Brien era el hombre perfecto para ella. Y ahora lo veía con absoluta claridad. Y entendía por qué no podía mirarla a los ojos. Por qué le había presentado a aquellos desconocidos.

Iba a dejarla.

El camino de regreso a Point Piper se le hizo eterno. Hizo algunas indagaciones.

—¿Sabe algo sir Frank? —le preguntó a Connor.

Él la miró de soslayo.

—Mira, sentí que tenía que decírselo. Me pareció necesario. No te importa, ¿verdad? No es igual que Elliott. Es un gran tipo, y tú te pareces a él en muchas cosas.

—¿Ah, sí?

Connor debió percibir la falta de entusiasmo en su voz, porque alzó las cejas.

—Creí que para ti era muy importante conocer a tu familia biológica. ¿Te molesta que se lo haya dicho?

Sophy trató de sonreír.

—¿Por qué? Entiendo por qué lo has hecho.

Connor apretó la mandíbula y guardó silencio durante un instante.

—Mira, cariño, esto no tiene por qué cambiar

nada. No hace falta que sir Frank forme parte de tu vida.

Ella suspiró.

–Seamos realistas, Connor. Nadie nos dice que vaya a volver a saber algo de él. Ya me ha conocido y ha satisfecho su curiosidad, no cabe esperar mucho más, la verdad.

Y sinceramente, en aquel momento no quería ni pensar en los Fraser. Guardaron silencio durante un rato.

Cuando llegaron a casa de Connor, él se metió a toda prisa en la cocina para preparar un café. Luego sacó las tazas y las dejó sobre la mesita auxiliar.

Eran los preparativos para la escena final, pensó con tristeza. Siempre había sabido que terminaría, pero lo cierto era que no estaba preparada.

Connor la invitó a sentarse y él ocupó su lugar en el sofá de al lado. Se inclinó hacia delante y frunció el ceño entrelazando las manos. El mundo pareció detenerse, o tal vez fuera su corazón.

–Sophy, hay algo que tengo que decirte –cerró los ojos un instante–, Tengo que decirte que…

–Sé lo que me vas a decir –le interrumpió ella con voz ronca–. Que te vas.

–¿Cómo has sabido…? –Connor cerró los ojos–. De acuerdo, es verdad. Tengo trabajo en el otro lado del mundo. Y debo irme. Es mi trabajo.

Sophy trató de mantener la voz firme.

–Creí que habías dicho que tu contrato había terminado.

–Sí, lo dije. Pero me han dado la opción de renovarlo.

–Entiendo –aquello era doloroso, pero lo peor estaba todavía por llegar.

Connor apretó los puños.

–No, creo que no lo entiendes. Esto no es fácil para mí. No me resulta fácil irme. Dejarte.

Ella sonrió, aunque sentía una terrible tristeza en el pecho.

–Bueno, podrías quedarte. Así no tendrías que pasarlo mal.

Connor apretó un músculo de la mandíbula. Luego se inclinó hacia delante y le tomó las temblorosas manos.

–Mi trabajo de abogado es una de las cosas que hago para la embajada. Tengo otra ocupación con la que estoy comprometido. Se trata del servicio de inteligencia. Recopilo información.

Ella se sentó más recta y abrió mucho los ojos.

–¿Cómo? ¿Quieres decir que eres… un espía?

Connor se sonrojó un poco.

–No exactamente. No como los de las películas. Pero tengo que mantener el contacto con una red de personas. A veces quedo con ellas en lugares algo peligrosos. Pero no puedo hablar de esto. Es un asunto serio. Seguridad nacional. Hay vidas en juego.

Sophy sintió un runrún en los oídos.

–A ver si lo entiendo… ¿nunca has tenido pensado quedarte?

Él apartó la vista.

–La verdad es que no. Vine solo a pasar un tiempo de descanso –alzó una mano como si quisiera contener su reacción–. No, no hace falta que lo digas. No tendría que haber iniciado una relación contigo.

–Pero si estabas de vacaciones, ¿por qué alquilaste el despacho en el Alexandra?

Connor bajó la vista y aspiró con fuerza el aire.

–Verás, Sophy…

Una espantosa posibilidad comenzó a emerger entre las sombras. Le miró largamente y con dureza.

–¿Me has estado vigilando, Connor?

El se estremeció ligeramente, pero la miró a los ojos con sinceridad.

–Durante un tiempo.

–Oh.

El dolor que sintió Sophy fue espantoso. El corazón se le quedó sin sangre mientras los últimos meses de su vida se convertían en un calidoscopio de tristeza. Todo el romanticismo, la risa, la pasión… ¿qué había sido todo aquello?

La respuesta la atravesó. Una farsa.

Cerró los ojos y la siguiente palabra le salió como un croar.

–¿Por qué?

–Era un favor a una persona –Connor siguió mirándola fijamente–. Alguien que pensaba equivocadamente que su familia corría peligro.

Sophy se le quedó mirando mientras la indigesta verdad comenzaba a penetrar su adormecido cerebro. Su despacho en el Alexandra. El conocerla. El llevarla a su casa. Hacerle el amor. Ganarse su confianza.

Su amor incondicional y eterno.

–Ah, entiendo –los ojos se le llenaron de lágrimas y se llevó las manos al pecho–. Me siento como una estúpida. Supongo que la persona de la que hablas es Elliott. Le estabas haciendo el favor de mantenerme entretenida y lejos de él. Dios, debe ser un hombre muy importante.

–No, no es Elliott –se apresuró a corregirla Connor, casi como si se sintiera insultado–. Mira, no debería contarte esto, pero estoy tratando de ser sincero contigo. Te lo debo. Fue sir Frank. Estaba preocupado. Quería saber por qué te estabas viendo con su hijo. Y no te estaba entreteniendo. Estaba contigo por las mismas razones que lo haría cualquier hombre.

Tenía una expresión tan seria y controlada que Sophy tuvo que preguntarse qué sentimientos se esconderían tras aquella máscara.

–Pero no puedo quedarme –Connor alzó las manos–. No soy el hombre adecuado para ti.

Sophy se retorció las manos en el regazo.

–Pero Connor, tal vez…

Tal vez estuviera equivocada. Ella le amaba tanto que imaginó que sería correspondida, cuando en realidad a lo mejor solo estuviera viendo un reflejo.

Con su vida colgando de una balanza, se atrevió a pronunciar las palabras.

–Tal vez haya niños allí que necesiten los servicios de una foniatra.

Connor la miró fijamente.

–Sophy, es el lugar más peligroso de la Tierra. Mi mujer y mi hijo murieron tratando de llegar hasta mí. No puedo hacerme responsable de otro ser humano.

Ella se sonrojó al escuchar aquello.

–Yo soy responsable de mí misma, Connor.

No se quedó mucho tiempo más. Él no quiso que le llevara al aeropuerto. Tal vez tendría que haberse sentido aliviada, pero le pareció tan cruel como lo demás.

Tras el último adiós, no transcurrieron muchas mañanas antes de que Sophy subiera corriendo las escaleras del Alexandra y viera que habían quitado el nombre de Connor de la puerta.

El Alexandra era un lugar desolado desde su partida. Pero Sophy tenía niños que dependían de ella y una vida que recuperar. Era una lección que había aprendido con anterioridad. Tenía que ser positiva y tratar de ser feliz otra vez. Por eso, cuando recibió una elegante invitación por correo para asistir a la celebración del noventa cumpleaños de sir Frank Fraser, se tomó unos momentos y luego escribió para confirmar que asistiría.

***

¿Cuál era el regalo perfecto para un nonagenario de mente despierta?

Sophy se decidió por un pequeño volumen de poesía australiana y lo envolvió en papel plateado. Empezó a vestirse pronto. Se había comprado un vestido nuevo para la ocasión, uno de seda azul que se le ajustaba a las curvas. Se había alisado el pelo, que le caía por debajo de los hombros, brillante y sedoso como el de una modelo de champús.

Durante todo el día sintió escalofríos en la espina dorsal, como si fuera a ocurrir algo portentoso. A última hora de la tarde, en el momento exacto en el que estaba pensando llamar a un taxi, llamaron para informarla de que una limusina iba en camino para recogerla.

Sophy se sintió abrumada. Estaba claro que el anciano sabía cómo contentar a una mujer.

La limusina llegó a tiempo. El chófer de sir Frank la trasladó mientras caía la noche.

Situada tras una verja alta de hierro, la casa de sir Frank era una imponente mansión de piedra. Cuando Sophy llegó ya había bastante gente en la entrada.

Fue recibida por una mujer de mediana edad que la guio entre los invitados hasta un elegante vestíbulo que daba a una sala. El anfitrión estaba rodeado de amigos y regalos envueltos. Al verla, sonrió y exclamó:

—Ah, Sophy. Ya estás aquí.

Ella le entregó su pequeño regalo y le besó en

las mejillas. Entonces sir Frank se giró hacia la gente que tenía al lado y la presentó.

—Esta es Sophy Woodruff. Siéntate a mi lado, Sophy.

Un camarero de librea blanca le llevó una copa de champán. Elliott no había llegado todavía, le dijo sir Frank en voz baja. Al parecer su mujer acababa de regresar del extranjero.

Tras treinta minutos de charla con los amigos de sir Frank, Sophy se disculpó y salió al jardín, donde se habían dispuesto las mesas y las sillas en una terraza al lado de la piscina. Bajo la balaustrada de la terraza había un exuberante jardín tenuemente iluminado. Unos escalones de piedra llevaban a un muelle pintoresco y antiguo en el que algunos invitados habían amarrado sus barcos.

Una pequeña lancha a motor con las luces encendidas entró en el embarcadero. Sophy supuso que se trataba de algún rico más que venía a presentar sus respetos al anciano. Entonces vio que del barco se bajaba un hombre muy alto. Desde la distancia y con la penumbra, se parecía un poco a Connor.

Sintió una punzada de dolor. ¿Cuándo dejaría de verle por todas partes, de anhelarle?

La oscura cabeza del hombre se hizo visible cuando subió los escalones. Sophy se puso tensa y el corazón le latió dolorosamente rápido. Se parecía muchísimo a él, pero no podía ser. El hombre alzó la cabeza y la miró fijamente. Entonces corrió hacia ella.

–¿Sophy?

Tenía que estar alucinando. Él debió percibir su expresión de incredulidad, porque se lanzó hacia delante soltando un gemido, la estrechó entre sus brazos y la abrazó con fuerza.

–Oh, Sophy. Cariño, cariño.

Era Connor O'Brien, era él en carne y hueso. Sus manos, sus labios y su fuerte corazón latiendo contra el suyo y provocando que estallara en lágrimas.

Connor le besó el rostro húmedo, le pasó la mano por el pelo, la acarició por todas partes como si sus manos quisieran comprobar que era ella.

Cuando por fin dejó de besarla, la apartó un poco de sí mientras Sophy le acribillaba a preguntas.

–¿De dónde has salido? Quiero decir, ¿cuánto tiempo llevas aquí? ¿De quién es este barco? ¿Por qué has venido? Connor, pensé que tú… estoy conmocionada.

–Lo siento mucho –Connor dejó caer las manos–. No tendría que haber dado por hecho… tendría que haberte dado tiempo para… –se pasó una mano por el pelo–. Ah, sí, el barco. Se lo he pedido prestado a un vecino. Es la forma más rápida de llegar hasta aquí.

Connor miró a su alrededor. La gente había empezado a ocupar la terraza, charlando, riendo y bebiendo. No era el mejor lugar para una reconciliación íntima. Tomó a Sophy del brazo.

–¿Hay algún lugar donde podamos hablar a solas?

Sir Frank salió en aquel momento de la casa escoltado por Parkins y miró hacia la terraza hasta que vio a Sophy.

–Ah, ahí está –cuando vio a Connor alzó las cejas al máximo y se acercó para darle un abrazo–. Vaya, creí que estabas al otro lado del mundo.

Connor sonrió y miró a Sophy con intensidad.

–Tenía que volver.

–Sabía que lo harías –exclamó el anciano–. ¿Verdad que te lo dije, Parkins? –sonrió a los dos con satisfacción sin esperar respuesta.

Sophy se sonrojó.

–Escuche, sir Frank –dijo Connor encargándose del asunto–, siento que nos tengamos que ir así de su fiesta. Acabo de bajar del avión, tengo *jetlag* y necesito arreglar algo con Sophy –se giró hacia ella y la miró con intensidad–. ¿Quieres venir… quieres venir a casa?

A ella le dio un vuelco al corazón y asintió con trémula esperanza.

Se despidieron prometiendo volver en otra ocasión y Connor urgió a Sophy hacia el embarcadero. No se sentía cómoda como iba vestida para ir en la lancha, con el vestido de seda y los tacones, pero una vez en el barco se dio cuenta de que no tenía de qué preocuparse. Connor la sentó en un tumbona reclinable con cojines y le puso una manta en las rodillas. Tras ello había un salón de lujo con invitadores sofás.

Cuando se aseguró de que estaba cómoda, arrancó el motor y salió hacia la bahía. Parecía que sabía lo que hacía. Sophy experimentó un delicioso deseo agridulce al mirar sus manos firmes y seguras al timón y sintió deseos de llorar otra vez.

Cuánto amaba aquellas manos.

Las luces que rodeaban la costa de Sídney nunca habían brillado con tanta fuerza como en aquella mágica noche.

Cuando cruzaron Rose Bay, Connor apagó el motor y echó el ancla. En el repentino silencio, roto únicamente por el batir de las olas, la cabina del barco parecía tan íntima y acogedora como el espacio que rodeaba una chimenea. Sophy sintió un escalofrío en la nuca. Algo maravilloso estaba a punto de ocurrir.

–Sophy –Connor se giró hacia ella y vaciló un instante. Frunció el ceño como si buscara la palabra adecuada–. Cariño, he sido un imbécil. Lo siento. Lo siento de verdad. Sé que te he hecho daño.

Ella bajó la vista. No iba a negarlo. Después de todo, le había entregado todo y Connor lo había despreciado.

–Tengo que decirte algo. Lo he estado pensando mucho y no quiero seguir en Asuntos Exteriores. Ni tampoco trabajando para el Servicio de Inteligencia. He cancelado los dos contratos. ¿Qué te parece? –la miró muy serio.

Sophy estaba exultante, pero no sabía si debía dar su opinión.

–Bueno, me parece que has seguido lo que te dictaba el corazón.

Connor sonrió y le tomó las manos.

–¿Sabes qué? Llevaba años engañándome a mí mismo. Hasta que te conocí, pensaba que podía vivir sin tener a nadie en mi vida –murmuró con la voz rota por la emoción–. Tras el accidente empecé a enlazar una misión con otra. Supongo que no le encontraba sentido a volver a casa.

Connor sacudió la cabeza.

–Gracias a Dios, al menos pude ver a mi padre antes de que muriera. Así que, cuando me enviaron a casa de permiso y sir Frank me pidió que te investigara, me hizo el mayor favor de mi vida –le apretó las manos con más fuerza–. Sé que te hice daño, pero estoy muy orgulloso y feliz por haberte conocido, Sophy, desde el primer momento en que te vi.

–Oh, Connor –jadeó ella–. Y desde el momento que yo te vi a ti también.

Él suspiró con fuerza y su hermoso rostro compuso una expresión grave. Sophy se puso tensa, consciente de que iba a decir algo incómodo.

–Verás: antes incluso de subir al avión supe que estaba renunciando a mi vida –cerró los ojos como si recordara su angustia–. Mi amor, sabía que te estaba haciendo daño, pero estaba desesperado. Sentía que te merecías algo mejor que yo. Pero lo cierto es que no puedo soportar estar sin ti. Cuanto más me aparto de ti, más necesito estar a tu lado. Estas últimas semanas han sido un infierno. Espero que me puedas perdonar por haber sido tan imbécil.

El brillo ardiente de sus ojos se intensificó.

–Te amo, Sophy.

–Oh –a ella se le llenaron los ojos de lágrimas–. Oh, cariño, yo también te amo.

–Gracias a Dios –Connor la estrecho con fuerza contra sí–. Tenía miedo de haber perdido mi oportunidad.

Por toda respuesta, Sophy le rodeó con sus brazos y le besó. Comenzó como un beso suave, pero el fuego se expandió, amenazando con poner fin a la conversación. Entonces Connor la apartó con delicadeza.

–Antes de que sigamos, hay algo que necesito saber. Te gusta mi casa, ¿verdad?

Ella asintió con una sonrisa.

–Si compramos unos cuantos muebles y algunos cuadros y la convertimos en un hogar, ¿podrías soportar vivir allí conmigo y ser mi amor?

Ella asintió con el corazón henchido de alegría.

–Creo que sí.

–Entonces…

Los oscuros ojos de Connor sonrieron y Sophy supo lo que le iba a preguntar a continuación. Lo sentía en los huesos.

–Sophy Woodruff, ¿te quieres casar conmigo?

A ella se le inundó el corazón de amor y de felicidad.

–Oh, Connor, sí –le llenó de besos–. Un millón de veces, sí. ¿Sabes qué, Connor? Tengo un buen presentimiento.

–Bien –gruñó él con los ojos echando chispas de deseo–. Porque yo también tengo un buen presentimiento.

El barco se meció durante toda la noche en el seno de las olas.

EL BESO PERFECTO

RED GARNIER

Uno de los atractivos hermanos Gage le robó a Molly Devaney el corazón en un baile de máscaras con un apasionado beso, y ella pensó que había encontrado por fin a su alma gemela. Pero al día siguiente el seductor enmascarado se comportó como si ella no existiera. Molly decidió darle celos, por lo que recurrió a otro de los hermanos, Julian Gage, quien se ofreció a representar el papel de su amante.

EL BESO PERFECTO
RED GARNIER

Sin embargo, no había nada falso en el modo en el que aquella mujer le hacía sentir a Julian, y decidió demostrarle cuál de los hermanos Gage era el adecuado para ella.

¿Qué ocurre cuando se retiran las máscaras?

¡YA EN TU PUNTO DE VENTA!

Acepte 2 de nuestras mejores novelas de amor GRATIS

¡Y reciba un regalo sorpresa!

Oferta especial de tiempo limitado

Rellene el cupón y envíelo a

Harlequin Reader Service®
3010 Walden Ave.
P.O. Box 1867
Buffalo, N.Y. 14240-1867

¡Sí! Por favor, envíenme 2 novelas de amor de Harlequin (1 Bianca® y 1 Deseo®) gratis, más el regalo sorpresa. Luego remítanme 4 novelas nuevas todos los meses, las cuales recibiré mucho antes de que aparezcan en librerías, y factúrenme al bajo precio de $3,24 cada una, más $0,25 por envío e impuesto de ventas, si corresponde*. Este es el precio total, y es un ahorro de casi el 20% sobre el precio de portada. ¡Una oferta excelente! Entiendo que el hecho de aceptar estos libros y el regalo no me obliga en forma alguna a la compra de libros adicionales. Y también que puedo devolver cualquier envío y cancelar en cualquier momento. Aún si decido no comprar ningún otro libro de Harlequin, los 2 libros gratis y el regalo sorpresa son míos para siempre.

416 LBN DU7N

Nombre y apellido	(Por favor, letra de molde)	
Dirección	Apartamento No.	
Ciudad	Estado	Zona postal

Esta oferta se limita a un pedido por hogar y no está disponible para los subscriptores actuales de Deseo® y Bianca®.
*Los términos y precios quedan sujetos a cambios sin aviso previo.
Impuestos de ventas aplican en N.Y.

SPN-03 ©2003 Harlequin Enterprises Limited

Solo le quedaba una cosa con la que negociar: su cuerpo

Gracias al escándalo financiero protagonizado por su padre, Morgan Copeland pasó de ser la reina de la prensa rosa americana a caer en desgracia de la noche a la mañana.

Aferrándose a la última pizca de orgullo que le quedaba, buscó la ayuda del marido al que un día había abandonado, sabiendo que para convencer al implacable Drakon Xanthis tendría que ponerse de rodillas y suplicar.

Al principio no fue más que la mujer florero del magnate griego, pero la explosiva pasión que surgiría entre ellos iba a sorprenderles a los dos...

Más allá de la traición

Jane Porter

SOLAMENTE SUYA

ANN MAJOR

Hacía años, cuando Maddie Grey había huido de Yella, Texas, embarazada y sola, había dejado atrás una fama inmerecida y a su joven amante, John Coleman, ranchero y heredero de una explotación petrolífera. Pero habían vuelto a encontrarse, y ella estaba decidida a no revelarle ninguno de sus secretos.

Maddie era más hermosa, apasionada y desconcertante que antes, por lo que John no se detendría ante nada para saber la verdad sobre ella. Aunque eso supusiera hacerla su esposa.

Los secretos de una chica mala

[10]

¡YA EN TU PUNTO DE VENTA!